애
프
터
다
크

AFTERDARK

by Haruki Murakami

애프터 다크

무라카미 하루키 장편소설

권영주 옮김

비채

1

PM 11:56

보이는 것은 도시의 모습이다.

우리는 밤하늘 높이 나는 새의 눈을 통해 상공에서 그 광경을 보고 있다. 넓은 시야 안에서 도시는 하나의 거대한 생물로 보인다. 또는 몇몇 생명체가 뒤엉켜 만들어낸 하나의 집합체로 보인다. 명확히 파악되지 않는 신체의 말단까지 무수한 핏줄이 뻗어 피를 순환시키고 세포를 쉴 새 없이 교체해준다. 새로운 정보를 보내고 낡은 정보를 회수한다. 새로운 소비를 보내고 낡은 소비를 회수한다. 새로운 모순을 보내고 낡은 모순을 회수한다. 신체는 맥박의 리듬에 맞춰 도처에서 점멸하고, 발열하고, 꿈틀거리고 있다. 자정에 가까운 시간, 활동이 가장 활발한 지점은 지났지만 생명을 유지하기 위한 기초대사는 감퇴하지 않고 계속된다. 도시가 발하는 **웅웅 소리**는 통주저음으로 그곳에 존재한다. 기복이 없이 단조로운, 하지만 예감을 내포한 소리이다.

우리의 시선은 빛이 특히 집중된 한 부분을 골라 초점을 맞춘다. 그 지점을 향해 조용히 하강한다. 색색의 네온사인이 바다를 이루고 있다. 번화가라고 불리는 지역. 건물 벽에 붙어 있는 여러 거대한 디지털 스크린은 자정을 경계로 침묵하지만, 가게 앞 스피커는 여전히 기세를 잃지 않고 힙합의 과장된 저음을 거침없이 내뱉고 있다. 젊은이들로 붐비는 커다란 게임센터. 요란한 전자음. 미팅을 하고 나온 듯한 대학생 그룹. 밝은 금발로 머리를 염색하고, 미니스커트 밑으로 건강한 두 다리를 드러낸 십대 여자애들. 전철 막차를 놓칠세라 스크램블 교차로를 서둘러 건너는 직장인. 하지만 이 시간이 되도록 노래방의 호객은 여전히 떠들썩하게 계속되고 있다. 요란스럽게 차체를 꾸민 검정 왜건이 거리를 품평하듯 천천히 지나간다. 시커먼 필름을 붙인 창유리. 심해에 서식하는, 특별한 피부와 기관을 가진 생물이 연상된다. 젊은 경찰관 이인조가 긴장한 표정으로 거리를 순찰하는데, 그들에게 주의를 기울이는 사람은 거의 없다시피 하다. 이 시간의 거리는 거리 자체의 원리에 따라 기능한다. 계절은 가을의 끝자락. 바람은 없는데 공기가 싸늘하다. 이제 조금 있으면 날짜가 바뀐다.

우리는 '데니스'에 있다.

멋은 없지만 필요 충분한 조명, 무표정한 인테리어와 식기, 경영공학 전문가들이 세부까지 치밀하게 계산해서 배치한 홀, 나지막하게 틀어놓은 무해한 백그라운드 뮤직, 정확히 매뉴얼에 따라 응대하도록 훈련받은 종업원들. "어서 오세요, 데니스입니다." 어디를 보나 대체가 가능한 익명의 사물로 이루어져 있다. 자리는 만석에 가까운 상태다.

우리는 홀 안을 한 바퀴 둘러본 뒤 창가 자리에 앉은 한 여자애에게 시선을 준다. 어째서 그녀일까? 왜 다른 사람이 아닐까? 이유는 모른다. 하지만 여자애는 어째선지 우리 시선을 잡아끈다 ― 아주 자연스럽게. 그녀는 사인용 테이블석에 앉아 책을 읽고 있다. 회색 후드티에 청바지, 여러 번 세탁했는지 물이 빠진 노란 스니커. 옆자리 등받이에 야구점퍼를 걸쳐놓았다. 이것도 결코 새 옷은 아닌 것 같다. 나이는 대학 신입생쯤. 고등학생은 아니지만 아직 어딘가에 고등학생 분위기가 남아 있다. 머리는 검고 짧은 생머리. 화장기는 거의 없고 액세서리도 하지 않았다. 작고 갸름한 얼굴. 검은 테 안경을 썼다. 이따금 미간에 고지식해 보이는 주름이 잡힌다.

그녀는 꽤 열심히 책을 읽고 있다. 책장에서 거의 시선을 떼지 않는다. 두꺼운 하드커버인데, 서점에서 씌워주는 종이 커버 때문에 제목은 알 수 없다. 진지한 표정으로 읽는 것을 보면 딱딱한 내용의 책인지도 모르겠다. 건너뛰면서 대충 보지 않고 한 줄씩 찬찬히 읽는 분위기다.

테이블 위에는 커피 잔이 있다. 재떨이가 있다. 재떨이 옆에는 감색 야구모자. 보스턴 레드삭스의 B 마크. 그녀의 머리에는 다소 큰지도 모르겠다. 옆자리에는 갈색 가죽 숄더백이 놓여 있다. 불룩한 모양새를 보기로 온갖 물건을 단시간에 생각나는 대로 아무렇게나 척척 넣은 것 같다. 그녀는 주기적으로 커피 잔을 들어 입으로 가져가는데 특별히 맛을 즐기는 것 같지는 않다. 눈앞에 커피가 있으니까, 말하자면 자신에게 주어진 역할로서 커피를 마시는 것뿐이다. 불현듯 생각난 것처럼 담배를 입에 물고 플라스틱 라이터로 불을 붙인다. 눈을 가늘게 뜨고 연기를 허공에 무심히 내뿜고, 재떨이에 담배를 놓고, 그러고는 두통의 예감을 달래듯 손가락으로 관자놀이를 어루만진다.

작은 소리로 홀에 흐르는 음악은 퍼시 페이스 악단의 〈고 어웨이 리틀 걸〉. 물론 아무도 듣지 않는다. 다양한 종류의 사람들이 심야의 '데니스'에서 식사하고 커피를 마시고 있지만, 여자 혼자 온 손님은 그녀뿐이다. 책을 읽다 말고 이따금 얼굴을 들어 손목시계에 눈을 준다. 하지만 생각처럼 시간이 흐르지 않는 모양이다. 누구와 약속을 한 것도 아닌 것 같다. 홀을 둘러보지도 않고, 입구에 시선을 돌리지도 않는다. 그저 혼자 책을 읽고 가끔 담뱃불을 붙이고 기계적으로 커피 잔을 기울이며 시간이 조금이라도 빨리 지나기를 기대한다. 하지만 말할 것도 없이 새벽이 되려면 아직 시간이 많이 남았다.

책 읽기를 중단하고 창밖으로 시선을 준다. 이층 창문으로 혼잡한 거리가 내려다보인다. 이 시간이 되도록 거리는 아직 꽤 환하고, 오가는 사람이 많다. 갈 곳이 있는 사람들, 갈 곳이 없는 사람들. 목적이 있는 사람들, 목적이 없는 사람들. 시간을 붙들어 멈추려는 사람들, 시간이 빨리 흐르게 하려는 사람들. 그녀는 그런 두서없는 거리 풍경을 잠시 바라본 뒤 호흡을 가다듬고 책으로 시선을 되돌린다. 커피 잔에 손을 뻗는다. 겨우 몇 모금 피운 담배는 재떨이 위에서 단정한 형태의 재로 변해간다.

입구의 자동문이 열리고 호리호리하고 키가 훌쩍 큰 젊은 남자가 들어온다. 검은 가죽반코트에 구겨진 올리브그린 치노팬츠, 갈색 워크부츠. 머리는 꽤 길고 군데군데 헝클어졌다. 어쩌다 보니 지난 며칠 새 머리 감을 기회가 없었을 수도 있다. 방금 전 어디 무성한 덤불을 빠져나왔을 수도 있다. 아니면 머리를 마구 헝클어뜨리는 게 그에게 자연스러운, 마음 편한 상태일 수도 있다. 말랐지만 맵시 있다기보다 영양이 심각하게 부족하다는 인상을 준다. 커다란 검정 악기 케이스를 어깨에 멨다. 관악기다. 그밖에 꾀죄죄한 토트 백을 들었다. 악보며 그외 자질구레한 물건들을 쑤셔넣은 것 같다. 오른쪽 뺨에 눈길을 끄는 깊은 흉터가 있다. 뾰족한 것으로 후빈 듯 한 짧은 흉터. 그것을 빼면 딱히 눈에 띄는 점은 없다. 매우 평범한 청년이다. 성격은 좋은데 다소 세심함이 부족한 길 잃은 잡종견 같 은 분위기가 있다.

웨이트리스가 다가와 그를 안쪽 자리로 안내한다. 책 읽는 여자 애의 테이블 옆을 지나간다. 젊은 남자는 그 옆을 일단 지나쳤다가 뭔가 깨달은 것처럼 멈춰서더니 필름을 되감듯 천천히 뒷걸음쳐 그 녀의 테이블 옆으로 돌아온다. 그러고는 고개를 갸웃하며 흥미 어 린 눈으로 그녀의 얼굴을 본다. 머릿속으로 기억을 뒤지고 있다. 생 각해내기까지 시간이 걸린다. 무슨 일을 하든 시간이 걸리는 타입 같다.

기척을 알아차린 여자애가 얼굴을 들어 가늘게 뜬 눈으로 옆에 선 젊은 남자를 본다. 상대방이 키가 큰지라 우러러보는 느낌이다. 두 사람의 시선이 마주친다. 남자는 빙긋 웃는다. 악의가 없음을 나 타내기 위한 미소다.

그는 말을 건다. "있지, 아니면 미안한데, 혹시 아사이 에리 동생

아냐?"

그녀는 말이 없다. 마당 구석의 너무 무성해진 관목을 바라보는 눈초리로 상대방을 보고 있다.

"전에 우리 한 번 만났지?" 남자는 말을 잇는다. "음, 이름은 분명히 유리. 언니랑 한 글자 다르네."

그녀는 경계심 어린 시선을 유지한 채 사실을 간결하게 수정한다. "마리."

남자는 허공에 검지를 쳐든다. "아, 맞다, 마리. 에리랑 마리. 한 글자 차이. 나 기억 안 나지?"

마리는 보일 듯 말 듯 고개를 갸웃한다. 예스인지 노인지 알 수 없다. 안경을 벗어 커피 잔 옆에 놓는다.

웨이트리스가 돌아와 묻는다. "합석하시겠어요?"

"네, 그럴게요." 그는 대답한다.

웨이트리스는 테이블에 메뉴를 놓는다. 남자는 마리 맞은편에 앉아 악기 케이스를 옆자리에 놓는다. 그뒤 문득 생각난 것처럼 마리에게 묻는다. "잠깐 여기 앉아도 될까? 식사만 하고 바로 갈 거야. 다른 데서 약속이 있거든."

마리는 얼굴을 약간 찌푸린다. "그런 건 먼저 물어야 하는 거 아냐?"

남자는 그녀가 한 말의 의미를 생각한다. "누구 기다리는 거야?"

"그런 게 아니라." 마리는 말한다. "예의상 말이야."

"응." 남자는 고개를 끄덕인다. "그러네. 진짜 합석해도 되냐고 처음에 물었어야 하는데. 그 점은 사과할게. 그렇지만 자리도 별로 없겠다, 오래 방해하지 않을 테니까. 있어도 될까?"

마리는 가볍게 어깨를 으쓱하는 듯한 동작을 한다. 마음대로 하라는 느낌이다. 남자는 메뉴를 펴고 살펴본다.

"식사는 했어?"

"배 안 고파."

남자는 심각한 표정으로 메뉴를 훑어본 다음 탁 덮어 테이블 위에 놓는다. "사실은 메뉴를 볼 필요도 없는데 말이지. 그냥 보는 척하는 것뿐이야."

마리는 아무 말도 하지 않는다.

"여기선 치킨샐러드만 먹거든. 늘 똑같아. 나한테 묻는다면 데니스에서 먹을 가치가 있는 건 치킨샐러드밖에 없어. 메뉴에 있는 건 대강 다 먹어봤는데 말이지. 넌 여기 치킨샐러드 먹어본 적 있어?"

마리는 고개를 흔든다.

"나쁘지 않아. 치킨샐러드하고 바삭하게 구운 토스트. 데니스에선 그것만 먹어."

"그러면서 왜 굳이 메뉴를 보는데?"

그는 손가락으로 눈꼬리의 주름을 편다.

애프터
다크

"있지, 생각해보라고. 데니스에 들어와서 메뉴도 안 보고 바로 치킨샐러드를 시키면 너무 궁상맞잖아. 그럼 치킨샐러드가 좋아서 데니스에 뻔질나게 드나듭니다, 하는 느낌이잖아? 그러니까 일단 메뉴를 펴고 이것저것 생각해본 다음 치킨샐러드를 고른 척하는 거야."

웨이트리스가 물을 가져오자 그는 치킨샐러드와 바삭하게 구운 토스트를 주문한다. "아주 **바삭바삭**하게" 하고 강조한다. "타기 직전 정도로." 그리고 식후의 커피를 추가한다. 웨이트리스는 손에 든 기계에 주문을 입력하고 주문 내용을 읽어 확인한다.

"그리고 이쪽은 커피 리필일 것 같은데요." 그는 마리의 커피 잔을 가리키며 말한다.

"네, 바로 드리겠습니다."

남자는 웨이트리스의 뒷모습을 바라본다.

"치킨 안 좋아해?" 그가 묻는다.

"그런 건 아냐." 마리는 말한다. "그렇지만 밖에선 치킨 잘 안 먹으려고."

"왜?"

"프랜차이즈 레스토랑에서 나오는 치킨은 정체 모를 약물이 투여된 게 많으니까. 성장촉진제라든지 그런 거. 닭은 좁고 어두운 우리에 갇혀서 주사를 잔뜩 맞고 화학물질이 든 사료로 길러져서, 벨

트컨베이어에 실려서 기계로 목이 댕강댕강 잘려서 기계로 털이 뽑히는 거야."

"와오!" 그는 말한다. 그리고 미소 짓는다. 미소를 지으니 눈꼬리의 주름이 깊어진다. "조지 오웰풍 치킨샐러드."

마리는 눈을 가늘게 뜨고 상대방을 본다. 자신을 놀리는 건지 아닌지 판단이 잘 서지 않는다.

"그래도 여기 치킨샐러드는 나쁘지 않아. 진짜로."

그는 그렇게 말하고 나서 생각난 것처럼 가죽코트를 벗어 옆자리에 개켜놓는다. 그리고 테이블 위로 두 손을 맞비빈다. 코트 속에 짜임이 성긴 녹색 라운드넥 스웨터를 입었다. 스웨터의 털실도 머리와 마찬가지로 군데군데 헝클어졌다. 몸차림에 그리 신경쓰지 않는 타입인가 보다.

"전에 만난 건 시나가와의 호텔 수영장에서였지. 이 년 전 여름. 기억나?"

"어렴풋이."

"나하고 제일 친한 친구에, 너희 언니, 너, 그리고 내가 있었어. 합해서 네 명. 우리는 대학에 들어간 직후였고, 넌 분명히 고등학교 2학년이었어. 맞지?"

마리는 별로 관심 없는 표정으로 고개를 끄덕인다.

"내 친구가 그때 너희 언니하고 가볍게 사귈 때라, 나까지 끼워서 더블데이트 비슷하게 한 거야. 호텔 수영장 초대권을 어디서 네 장 구해왔어. 그래서 너희 언니는 널 데려왔어. 그런데 넌 말도 거의 안 하고 계속 풀 안에서 성장기 돌고래처럼 헤엄만 쳤어. 그러고 나서 다 같이 호텔 티룸에 가서 아이스크림을 먹었어. 넌 피치멜바를 시켰어."

마리는 얼굴을 찡그린다. "어째서 그런 시시콜콜한 것까지 기억하는 건데?"

"피치멜바를 먹는 여자애랑 데이트하는 건 처음이었고, 그리고 물론 네가 예뻤으니까."

마리는 무표정하게 상대방을 본다. "거짓말. 언니만 열심히 쳐다봤으면서."

"그랬나?"

마리는 침묵으로 대답한다.

"어쩌면 그랬을지도 몰라." 그는 시인한다. "너희 언니가 입은 수영복이 참 작았다는 게 어째선지 똑똑하게 기억나니까."

마리는 담배를 꺼내 입에 물고 라이터로 불을 붙인다.

"있지." 그는 말한다. "별로 데니스를 두둔하려는 건 아닌데, 다소 문제가 있을**지도 모르는** 치킨샐러드를 먹는 것보다 담배 한 갑 피우는 게 훨씬 몸에 안 좋지 않나 싶은데. 안 그래?"

마리는 그의 물음을 무시한다.

"그때 원래는 다른 애가 갈 예정이었는데, 직전에 그 애가 몸이 안 좋아지는 바람에 내가 대신 억지로 끌려간 거야. 머릿수를 맞추려고." 그녀는 말한다.

"그래서 별로 기분이 안 좋았구나."

"너 기억 나."

"진짜?"

마리는 자신의 오른쪽 뺨에 손가락을 댄다.

남자는 뺨에 깊게 팬 흉터에 손을 갖다댄다. "아아, 이거. 어렸을 때 자전거 타고 씽씽 달리다가 비탈길에서 커브를 도는 데 실패했지 뭐야. 2센티미터만 빗나갔으면 오른쪽 눈 시력을 잃었을 거야. 귓불도 변형됐는데 볼래?"

마리는 얼굴을 찡그리며 고개를 흔든다.

웨이트리스가 치킨샐러드와 토스트를 내온다. 마리의 커피 잔에 커피를 새로 따른다. 그리고 주문한 음식이 전부 나왔는지 확인한다. 남자는 포크와 나이프를 들고 익숙한 손놀림으로 치킨샐러드를 먹기 시작한다. 그러더니 토스트를 들어 유심히 쳐다본다. 미간을 찌푸린다.

"아무리 **바삭바삭**하게 구워달라고 말해도 토스트가 주문대로 구워져 나온 적이 없다니까. 이해가 안 돼. 일본인의 근면함과 하이테크 문화와 데니스 체인에서 추구하는 시장 원리가 있으면 토스트를 바삭바삭하게 굽는 것쯤 어렵지 않을 거 아냐, 안 그래? 그런데 왜 그게 안 되는 거냐고. 토스트 하나 주문대로 못 굽는 문명에 무슨 가치가 있는 거지?"

마리는 딱히 상대하지 않는다.

"어쨌거나 너희 언니는 미인이었어." 그는 혼잣말처럼 말한다.

마리는 얼굴을 든다. "왜 과거형으로 말하는 건데?"

"왜라니…… 그냥 예전 이야기니까 과거형을 쓴 것뿐이야. 별로 지금은 미인이 아니라든지, 그런 말은 아닌데."

"지금도 예쁜 것 같아."

"그거 다행이군. 그렇지만 사실 난 아사이 에리에 관해 잘 몰라. 고등학교 때 일 년 같은 반이었지만, 그때는 거의 말을 해본 적이 없어서. 아니, 저쪽에서 날 상대하지 않았다는 게 사실에 더 가깝지만."

"그렇지만 관심은 있지?"

남자는 포크와 나이프를 허공에 든 채 잠시 생각한다. "관심이랄지, 음, 그러니까 지적 호기심 같은 거?"

"지적 호기심?"

"만약 아사이 에리 같은 굉장한 미인이랑 데이트할 수 있다면 어떤 기분일까, 그런 거. 어쨌거나 잡지 모델도 하고 그러는 애니까 말이야."

"그게 **지적** 호기심이야?"

"일종의."

"하지만 그때 에리랑 사귀었던 건 친구 쪽이고 넌 따라온 거지?"

그는 볼이 미어지게 입안에 음식을 가득 문 채 고개를 끄덕인다. 허둥대지 않고 시간을 들여 잘 씹어삼킨다.

"난 어느 쪽이냐 하면 소극적인 인간이거든. 스포트라이트는 안 어울려. 곁들이 같은 쪽이 더 잘 맞지. 콜슬로라든지 감자튀김이라든지, 왬!의 한 명이라든지."

"그래서 내 상대를 하게 됐구나."

"그렇지만……이랄지, 너도 꽤 예뻤어."

"저기, 너 과거형을 즐겨 쓰는 성격이야?"

남자는 미소를 짓는다. "아니, 그런 게 아니라 그냥 그때 심정을 지금 시점에서 솔직하게 표현한 것뿐이야. 너 꽤 예뻤어. 진짜로. 거의 입 다물고 있었지만."

그는 포크와 나이프를 접시에 놓고 컵을 들어 물을 마신다. 종이 냅킨으로 입을 닦는다.

"그래서 네가 헤엄치는 동안 아사이 에리한테 물었거든. 너희 동생은 왜 나하고 말을 안 해주는 걸까, 나한테 무슨 문제가 있는 걸까, 하고."

"그랬더니 뭐래?"

"넌 평소에도 자진해서 누구랑 말을 잘 안 한다고 그러더라. 약간 특이해서 일본 사람인데도 일본어보다 중국어를 할 때가 더 많을 정도다. 그러니까 신경쓸 거 없다. 나한테 특별히 문제가 있는 건 아닐 거다, 그랬어."

마리는 말없이 재떨이에 담배를 비벼 끈다.

"나한테 특별히 문제가 있었던 건 아니지?"

마리는 잠시 생각한다. "그렇게 자세히 기억나진 않지만, 너한테 문제가 있었던 건 아니라고 생각해."

"다행이다. 꽤 마음에 걸렸거든. 물론 나한테 몇 가지 문제가 있긴 하지만, 그건 뭐랄까, 어디까지나 나 자신의 내부적인 문제니까 그렇게 쉽게 남 눈에 띄면 곤란하거든. 특히 여름방학의 풀사이드에서 말이야."

마리는 확인하듯 다시 한 번 상대방의 얼굴을 본다. "내부적인 문제는 딱히 눈에 안 띄었던 것 같아."

"그 말을 들으니까 마음이 놓이네."

"이름이 생각 안 나는데." 마리는 말한다.

"내 이름?"

"응."

그는 고개를 내젓는다. "생각 안 나도 괜찮아. 끝내주게 평범한 이름이거든. 가끔은 나도 잊어버리고 싶어질 때가 있어. 하지만 자기 이름이라는 게 그렇게 쉽게 잊어버려지지가 않더라고. 다른 사람 이름은 기억해야 하는 것도 자꾸자꾸 잊어버리는데."

그는 부당하게 잃은 어떤 것을 찾듯 창밖으로 흘낏 시선을 던진다. 그러고는 다시 마리를 본다.

"내내 이상했는데, 너희 언니는 왜 그때 한 번도 물에 안 들어간 거지? 날도 더웠겠다, 모처럼 멋진 수영장에 가서."

마리는 **그런 것도 모르냐**는 표정을 짓는다. "화장이 지워지는 게 싫으니까. 당연하잖아. 게다가 그런 수영복 입고 실제로 물속에서 헤엄칠 수 있을 리 있겠어?"

"그렇구나." 그는 말한다. "한 자매라도 인생을 사는 자세가 꽤 다르군."

"다른 인생이니까."

남자는 그녀가 한 말을 잠시 생각해본 뒤 입을 연다.

"왜 우리는 다들 각자 다른 인생을 살게 되는 걸까? 그러니까 너희 경우를 들어 말하자면, 한 부모한테 태어나서 한 집에서 자랐고 똑같이 여자애인데 어떻게 그렇게 다른 인격을 갖게 되는 거지? 어디에 그런 갈림길 같은 게 있는 걸까? 한 명은 수기신호의 깃발만한 비키니를 입고 풀사이드에서 매력적으로 그저 누워만 있고, 또 한 명은 학교 체육시간에 입는 수영복 같은 걸 입고 돌고래처럼 물속을 헤엄쳐다니고……."

애프터
다크

마리는 상대방을 본다. "그걸 나더러 지금 여기서 이백 자 이내로 설명하라고? 네가 치킨샐러드를 먹는 동안?"

남자는 고개를 흔든다. "아니, 그게 아니라 호기심이랄지, 머리에 퍼뜩 떠오른 걸 소리내서 말해본 것뿐이야. 네가 대답할 필요는 없어. 그냥 스스로한테 물어보는 거니까."

그러고는 다시 치킨샐러드를 먹으려다가 마음을 바꾸고 이야기를 계속한다.

"난 형제가 없거든. 그래서 그냥 순수하게 알고 싶었던 거야. 형제란 게 어디까지 비슷하고 어디서부터 달라지는 건가 하는 게."

마리는 말이 없다. 남자는 나이프와 포크를 든 채 뭔가를 생각하며 테이블 위 공간을 바라본다.

이윽고 그는 말한다. "하와이 어느 섬에 삼형제가 표류했다는 이야기를 읽은 적이 있어. 신화야. 옛날 신화. 어렸을 때 읽은 거라 정확한 줄거리는 잊어버렸지만 대충 이런 이야기야. 젊은 삼형제가 고기 잡으러 나갔다가 폭풍을 만나서 조난당해서 오랫동안 바다를 표류하다가 사는 사람이 아무도 없는 섬 해안에 다다랐거든. 아름다운 섬에, 야자나무도 있고, 열매도 가지가 휘도록 열렸고, 한복판에 굉장히 높은 산이 우뚝 솟아 있었어. 그날 밤 신이 세 형제 꿈에 나타나서 이렇게 말했어. 여기서 좀더 가면 바닷가에 커다랗고 둥근 바위 세 개가 있을 것이다. 각자 바위를 굴려 원하는 곳으로 가

라. 바위를 굴려서 간 곳이 너희가 이제부터 각자 살 장소다. 높은 곳으로 가면 갈수록 세계를 멀리까지 내다볼 수 있다. 어디까지 갈지는 너희 마음이다."

남자는 물을 마시며 잠시 쉰다. 마리는 관심 없다는 표정을 짓고 있지만 귀로는 주의 깊게 듣고 있다.

"여기까진 알겠어?"

마리는 가볍게 고개를 끄덕인다.

"더 듣고 싶어? 흥미 없으면 그만두고."

"길지만 않으면."

"그렇게 길진 않아. 비교적 간단한 이야기야."

그는 물을 한 모금 더 마시고 이야기를 계속한다.

"신이 말한 대로 세 형제는 해안에서 커다란 바위 세 개를 발견했어. 그리고 시키는 대로 바위를 굴리면서 갔어. 아주 크고 무거운 바위라 굴리기가 여간 힘든 게 아니었고, 하물며 비탈길에선 밀고 올라가느라 엄청 고생해야 했어. 막내 동생이 맨 처음 손들었어. '형들, 난 그냥 여기 있을게. 여기선 해안도 가깝겠다, 고기도 잡을 수 있어. 충분히 살 수 있을 거야. 그렇게 멀리까지 세계를 보지 못해도 상관없어.' 막내 동생은 그렇게 말했어. 두 형은 그뒤로도 더 갔어. 그러다 산중턱에 이르러서 둘째 형이 손들었어. '형, 난 그냥 여기 있을게. 열매도 풍부하겠다, 충분히 생활할 수 있을 거야. 그렇게 멀리까지 세계를 보지 못해도 상관없어.' 맏형은 그뒤로도 비탈길을 계속해서 올라갔어. 길은 점점 험해졌지만 포기하지 않았어. 원래부터 끈기 있는 성격이었고, 세계를 조금이라도 더 멀리까지 보고 싶었거든. 그래서 있는 힘껏 계속해서 바위를 밀고 올라갔어. 몇 달 걸려서, 거의 먹지도 마시지도 않으면서 그럭저럭 높은 산꼭대기까지 밀어올리는 데 성공했어. 맏형은 멈춰서서 세계를 바라봤어. 지금은 누구보다도 세계를 멀리까지 내다볼 수 있었어. 거기가 맏형이 살 곳이었어. 풀도 자라지 않고 새도 날지 않는 그런 곳이었어. 수분은 얼음이랑 서리를 핥아 취할 수밖에 없었고, 먹을 것이라곤 이끼밖에 없었어. 하지만 후회는 하지 않았어. 맏형은 세계를 멀리까지 내다볼 수 있었으니까. ……그래서 하와이의 그 섬 산꼭대기엔 지금도 커다랗고 둥근 바위 하나가 동그마니 남아 있다, 그런 이야기."

침묵.

마리는 질문한다.

"그 이야기에 교훈 같은 게 있어?"

"교훈은 아마 두 개일 거야. 첫째는," 그는 손가락 하나를 든다. "사람은 모두 각각 다르다는 것. 형제라도 말이지. 그리고 또 하나는," 손가락 하나를 더 든다. "뭔가를 정말로 알고 싶다면 사람은 그에 상응하는 대가를 치러야 한다는 것."

"난 밑의 두 사람이 선택한 인생 쪽이 더 그럴싸한 것 같은데." 마리는 의견을 말한다.

"그러게." 그는 인정한다. "하와이까지 와서 서리를 핥고 이끼를 먹으며 살고 싶은 사람은 아무도 없을 거야. 응, 그렇지. 하지만 만 형은 세계를 조금이라도 멀리까지 내다보고 싶었고, 자기의 그런 호기심을 억누를 수 없었던 거야. 그 때문에 치러야 할 대가가 아무리 커도 말이지."

"지적 호기심."

"바로 그거야."

마리는 뭔가를 생각하고 있다. 두꺼운 책 위에 한 손을 올려놓고 있다.

"무슨 책을 읽는 거냐고 아무리 예의 바르게 물어도 대답 안 해주겠지?" 그는 말한다.

"아마."

"굉장히 무거워 보이는 책인걸."

마리는 말이 없다.

"여자애가 보통 가방에 넣어 들고 다니는 사이즈가 아닌데."

마리는 역시 침묵을 지킨다. 그는 포기하고 중단했던 식사로 돌아간다. 그리고 이번에는 아무 말도 하지 않고 치킨샐러드에 의식을 집중해 끝까지 다 먹는다. 시간을 들여 꼭꼭 씹고 물을 많이 마신다. 웨이트리스에게 여러 번 물을 더 달라고 한다. 마지막으로 남은 토스트 한 조각을 먹는다.

"너희 집은 히요시 쪽 아니었나?" 그는 말한다. 빈 접시는 이미 치우고 없다.

마리는 고개를 끄덕인다.

"그럼 벌써 전철 끊겼는데. 택시 타고 갈 거면 몰라도 내일 아침이 돼야 전철이 다닐 거야."

"나도 그쯤은 알아." 마리는 말한다.

"그럼 됐고."

"어디 사는지 모르지만 너도 이제 차편 없지 않아?"

"고엔지. 그렇지만 나 혼자 살고, 어차피 아침까지 줄곧 연습할 거라. 여차하면 친구 차도 있고."

그는 옆에 놓은 악기 케이스를 가볍게 톡톡 친다. 친한 개의 머리를 두드려줄 때처럼.

"이 근처 건물 지하에서 밴드 연습을 하거든." 그는 말한다. "거기선 소리를 엄청 크게 내도 아무도 뭐라 안 해. 난방이 거의 안 돼서 이 계절엔 얄짤없이 춥지만, 공짜로 쓰는 거니까 불평할 순 없지."

마리는 악기 케이스에 눈길을 준다. "그거 트롬본?"

"응. 용케 아네." 그는 약간 놀란 듯이 말한다.

"트롬본 생김새 정도는 알아."

"응, 그렇지만 트롬본이란 악기가 존재한다는 것조차 모르는 여자애들이 세상에 꽤 많단 말이지. 뭐, 할 수 없는 일이긴 해. 믹 재거도, 에릭 클랩튼도 트롬본을 불어서 스타가 된 게 아니니까. 지미 헨드릭스나 피트 톤젠드가 무대에서 트롬본을 부순 적이 있어? 없지. 다들 꼭 전자기타를 부순다고. 트롬본을 부숴봤자 웃음을 살 뿐이야."

"그럼 넌 왜 트롬본을 자기 악기로 골랐어?"

남자는 웨이트리스가 가져다준 커피에 크림을 넣어 한 모금 마신다.

"중학교 때 중고 레코드 가게에서 〈블루스엣〉이란 재즈 레코드를 우연히 샀어. 아주 예전 엘피. 왜 그런 걸 샀을까. 기억이 안 나. 그때까지 재즈는 들어본 적도 없었는데. 어쨌든 A면 첫 곡으로 〈파이브 스폿 애프터 다크〉란 곡이 들어 있었는데, 이게 참 **절절하게** 좋더라고. 트롬본을 부는 건 커티스 풀러. 처음 들었을 때 두 눈에서 콩깍지가 우수수 떨어지는 것 같더라. 그래, 이게 내 악기다 싶었어. 나하고 트롬본. 운명적인 만남."

남자는 〈파이브 스폿 애프터 다크〉의 첫 여덟 소절을 흥얼거린다.

"그 곡 알아." 마리는 말한다.

26

애프터
다크

그는 영문을 알 수 없다는 표정을 짓는다. "안다고?"

마리는 그다음 여덟 소절을 흥얼거린다.

"어떻게 알아?" 그는 말한다.

"알면 안 돼?"

남자는 커피 잔을 내려놓고 가볍게 고개를 젓는다. "전혀 안 되지 않아. ……그렇지만 어째 믿기지 않는걸. 요즘 세상에 〈파이브 스폿 애프터 다크〉를 아는 여자애가 있다니. ……뭐, 됐어. 아무튼 커티스 풀러한테 훌떡 넘어가서 그걸 계기로 트롬본을 배우게 됐어. 부모한테 꾼 돈으로 중고 악기를 사서 학교 취주악 동아리에 들어갔고, 고등학교 때부터 밴드 같은 걸 시작했어. 처음엔 록 밴드의 백업 같은 걸 했어. 옛날 타워 오브 파워 같은 거. 타워 오브 파워는 알아?"

마리는 고개를 흔든다.

그는 말한다. "뭐, 됐어. 옛날엔 그런 걸 했는데, 지금은 순수하게, 소박하게 재즈를 하고 있어. 별 대단한 대학은 아니지만 나쁘지 않은 밴드가 있거든."

웨이트리스가 물을 따라주러 온다. 그는 거절한다. 손목시계를 얼핏 본다. "시간 됐네. 그만 가야겠어."

마리는 말이 없다. **누가 말린데?**, 하는 표정이다.

"어차피 다들 지각하지만." 그는 말한다.

마리는 그에 대해서도 딱히 코멘트를 하지 않는다.

"저기, 언니한테 내 안부 전해줄래?"

"그런 건 직접 전화하면 되잖아. 우리 집 전화번호 알 거 아냐? 애초에 안부고 뭐고 난 네 이름도 모르는데."

그는 잠깐 생각한다. "그렇지만 너희 집에 전화했다가 아사이 에리가 받으면 대체 무슨 이야기를 해야 하지?"

"고등학교 동창회에 대해 의논한다든지, 적당히 꾸며내면 되잖아?"

"남들하고 이야기하는 데 별로 자신이 없어서, 원래."

"나랑은 꽤 많이 이야기한 것 같은데."

"너랑은 왜 그런지 이야기가 돼."

"나랑은 **왜 그런지** 이야기가 된다." 마리는 상대방의 말을 되뇐다. "그런데 우리 언니 앞에선 안 된다고?"

"아마."

"지적 호기심이 과하게 작용해서?"

글쎄, **어떨까**, 라는 듯 모호한 표정이 그의 얼굴에 떠오른다. 무슨 말을 하려다가 마음을 바꾸고 그만둔다. 깊은 숨을 쉰다. 그러고는 테이블 위의 계산서를 들고 머릿속으로 금액을 계산한다.

"내가 먹은 값을 놓고 갈 테니까 나중에 같이 계산해줄래?"

마리는 고개를 끄덕인다.

남자는 그녀와 그녀의 책을 본다. 잠시 망설이다가 말한다. "저 말이야, 쓸데없는 참견일 수도 있지만, 혹시 무슨 일 있었어? 가령 뭐랄까, 남자친구랑 문제가 생겼다든지, 가족하고 대판 싸웠다든지. 그러니까 아침까지 혼자 밖에 있는 걸 말하는 건데."

마리는 안경을 쓰고 남자의 얼굴을 빤히 올려다본다. 그곳에 흐르는 침묵은 긴밀하고 냉랭하다. 남자는 그녀에게 손바닥이 보이게 두 손을 든다. 쓸데없는 소리를 해서 미안하다는 듯.

"아침 5시쯤 가볍게 요기하러 다시 여기 올 것 같거든." 그는 말한다. "어차피 배가 고파질 테니까. 그때 또 널 만날 수 있으면 좋겠어."

"왜?"

"글쎄, 왜일까."

"걱정돼서?"

"그것도 있고."

"언니한테 안부 전해달라고?"

"그것도 약간은 있을지 몰라."

"우리 언니는 트롬본이랑 오븐토스터의 차이도 잘 모를 텐데. 구치랑 프라다의 차이라면 단박에 알 것 같지만."

"사람마다 싸우는 전쟁터가 다 다른 거야." 그는 미소를 짓는다.

그러고는 코트 주머니에서 수첩을 꺼내 볼펜으로 뭔가 쓴다. 페이지를 찢어 그녀에게 건넨다.

"이게 내 휴대전화 번호. 혹시 무슨 일 있으면 여기로 전화 줘. 음, 넌 휴대전화 있어?"

마리는 고개를 흔든다.

"그럴 줄 알았어." 그는 감탄한 듯 말한다. "직감이 나한테 귀띔하더라고. 이 애는 휴대전화 같은 거 안 좋아한다고."

남자는 트롬본 케이스를 들고 일어선다. 가죽코트를 입는다. 얼굴에는 아직 미소의 그림자가 남아 있다. "그럼."

마리는 무표정하게 고개를 끄덕인다. 남자가 준 쪽지를 제대로 보지도 않고 계산서 옆에 놓는다. 그러고는 호흡을 가다듬고, 턱을 괴고, 독서로 돌아간다. 홀에는 버트 배커랙의 〈에이프릴 풀〉이 나지막이 흐르고 있다.

2

PM 11:57

방 안은 어둡다. 하지만 우리 눈은 차츰 어둠에 익숙해진다. 여자가 침대에서 자고 있다. 아름다운 젊은 여자, 마리의 언니 에리다. 아사이 에리. 누가 가르쳐준 것도 아닌데 어째선지 알겠다. 어두운 물이 흘러넘친 양 검은 머리가 베개 위에 펼쳐져 있다.

우리는 하나의 시점이 되어 그녀를 보고 있다. 어쩌면 **훔쳐보고 있다**고 해야 할지도 모른다. 시점은 공중에 뜬 카메라가 되어 방 안을 자유롭게 이동할 수 있다. 현재 카메라는 침대 바로 위에 위치하며 그녀의 잠든 얼굴을 포착하고 있다. 사람이 눈을 깜박이듯 간격을 두고 앵글이 바뀐다. 그녀의 잘생긴 조그만 입술은 한일자로 곧

게 다물어져 있다. 언뜻 보면 숨을 쉬는 기척이 없는 것 같다. 하지만 자세히 보면 목에서 이따금 어렴풋한, **아주 어렴풋한** 움직임이 엿보인다. 호흡은 하는 것이다. 그녀는 베개에 머리를 얹고 천장을 올려다보는 자세를 취하고 있다. 하지만 실제로는 아무것도 보고 있지 않다. 눈꺼풀은 겨울철 단단하게 오므라진 꽃봉오리처럼 닫혀 있다. 잠은 깊다. 아마 꿈도 꾸지 않을 것이다.

아사이 에리의 모습을 바라보는 사이에 그녀의 잠에 뭔가 **보통이 아닌** 부분이 있음을 점차 느끼게 된다. 그녀의 잠은 그 정도로 순수하고, 완결되어 있다. 얼굴 근육 하나, 눈썹 하나 움직이지 않는다. 희고 날씬한 목은 공예품처럼 농밀한 정온을 지키고, 조그만 턱은 잘생긴 곳이 되어 단정한 각도를 그리고 있다. 아무리 숙면해도 사람은 이 정도로 잠의 영역에 깊숙이 발을 들여놓지 않는다. 이 정도로 전면적으로 의식을 방기하지 않는다.

하지만 의식의 유무와는 별개의 부분에서 생명을 유지하는 데 필요한 신체 기능은 계속되고 있다. 필요 최저한의 호흡과 심장 박동. 그녀의 존재는 보아하니 무기성과 유기성을 가르는 좁은 문지방 위에 위치하는 듯하다. 은밀히, 주의 깊게. 하지만 이런 상황이 왜, 어떻게 해서 주어졌는지는 아직 알 길이 없다. 아사이 에리는 따뜻한 밀랍에 온몸이 폭 싸인 것처럼 깊고 세심한 수면 상태에 있다. 그리고 자연과는 양립되지 않는 어떤 것이 명백히 그곳에 존재

애프터
다크

한다. 현재 판단할 수 있는 것은 그 정도다.

　카메라는 천천히 뒤로 물러나 방의 전체상을 보여준다. 이어서 단서를 찾아 세부를 관찰하기 시작한다. 결코 장식이 많은 방이 아니다. 그곳에 사는 사람의 취미와 개성이 엿보이는 방도 아니다. 주의해서 잘 보지 않으면 젊은 여자의 방인지 모를 것이다. 인형이며 봉제인형, 액세서리, 그런 것들은 어디에도 보이지 않는다. 포스터도 없고 달력조차 없다. 창문 쪽으로 낡은 나무 책상 하나, 회전의자. 창에는 롤 블라인드를 내려놓았다. 책상 위에 있는 것은 심플한 검정 전기스탠드, 최신형 노트북(뚜껑은 닫혀 있다). 머그잔에 볼펜과 연필 몇 자루가 꽂혀 있다.

　벽 쪽으로 간소한 나무 침대가 있고 아사이 에리는 거기서 자고 있다. 무늬가 없는 새하얀 침대 커버. 침대 반대편 벽에 붙은 선반에는 소형 스테레오 오디오, 그리고 시디 케이스 몇 개가 쌓여 있다. 그 옆에 전화기와 18인치 텔레비전. 거울이 달린 화장대. 거울 앞에는 립크림과 조그만 원형 브러시가 놓여 있을 뿐. 벽에는 붙박이장. 유일하다시피 한 장식으로 사진이 든 작은 액자 다섯 개가 선반에 놓여 있는데, 전부 아사이 에리 자신의 사진이다. 어느 사진에나 그녀만 찍혀 있다. 가족이나 친구와 함께 찍은 사진은 없다. 죄모델로서 포즈를 취한 직업적 사진뿐이다. 십중팔구 잡지에 실린 사진일 것이다. 작은 책꽂이는 있지만 책은 셀 수 있을 만큼밖에 없고, 그나마 대학에서 교재로 사용되는 것이 대다수다. 그러고는 큰 사이즈의 패션잡지가 한 무더기 쌓여 있을 뿐. 그녀를 독서가라 하기는 어려울 것 같다.

우리 시점은 가공의 카메라로서 방 안에 있는 그런 사물을 하나씩 포착해 시간을 들여 꼼꼼히 비춘다. 우리는 눈에 보이지 않는 이름 없는 침입자다. 우리는 본다. 귀 기울여 듣는다. 냄새를 맡는다. 하지만 물리적으로 그곳에 존재하지 않고, 흔적을 남기지도 않는다. 말하자면 우리는 정통적인 시간 여행자와 동일한 규칙을 지키는 셈이다. 관찰하지만 개입은 하지 않는다. 하지만 솔직히 이 방에서 아사이 에리에 관해 이끌어낼 수 있는 정보는 결코 풍부하다 할수 없다. 그녀의 개성을 사전에 어딘가에 몰래 감춰놓아 관찰하는 눈을 교묘하게 피한다는 인상이 있다.

침대 머리맡에는 디지털식 전자시계가 소리도 없이 착실하게 시간을 갱신하고 있다. 현시점에서 방 안에서 그나마 움직이는 것은 이 시계뿐이다. 경계심 강한 전동식 야행 동물. 녹색 액정 숫자가 눈을 피해 스리슬쩍 바뀐다. 현재 시각은 밤 11시 59분.

우리 시점으로서의 카메라는 세부 관찰을 마치고 일단 뒤로 물러나 방 전체를 다시금 조망한다. 그리고 어떻게 할지 마음을 정하지 못한 것처럼 얼마 동안 넓은 시야를 유지한다. 시선은 그동안 일단 한곳에 고정되어 있다. 의미심장한 침묵이 이어진다. 그러나 이

읔고 뭔가 짚이는 데가 있는지 방구석의 텔레비전으로 시선을 돌리고 그쪽으로 다가간다. 검은 정사각형 소니 텔레비전이다. 화면은 어둡고 달의 뒷면처럼 죽었다. 하지만 카메라는 그곳에서 뭔가 기척을 감지한 모양이다. 또는 징조 같은 것을. 화면이 클로즈업된다. 우리는 그 기척 내지 징조를 잠자코 카메라와 공유하며 텔레비전 화면을 응시한다.

우리는 기다린다. 숨을 죽이고 귀를 기울이며.

시계에 00:00이라는 숫자가 떠올랐다.

지지직 하는 전기 잡음이 들린다. 그에 맞춰 텔레비전 화면은 생명의 편린을 얻어 어렴풋이 깜박이기 시작한다. 누가 어느새 와서 텔레비전을 켠 걸까? 아니면 예약 설정 같은 게 되어 있었을까? 아니, 둘 다 아니다. 카메라는 빈틈없이 기계 뒤로 돌아가 텔레비전의 **전원 플러그가 꽂혀 있지 않다**는 것을 보여준다. 그래, 이 텔레비전은 원래 죽었어야 한다. 굳게, 차갑게, 한밤중의 침묵을 지키고 있어야 한다. 논리적으로, 원리적으로. 그런데 죽지 않았다.

주사선이 화면에 나타나 어른거렸다가 희미해져 사라진다. 또다시 주사선이 떠오른다. 지지직 하는 잡음이 그동안 끊임없이 이어진다. 이윽고 화면에 뭐가 비친다. 영상이 형태를 이루기 시작한다. 하지만 곧 이탤릭체처럼 비스듬히 일그러지더니 불을 훅 불어 끈 것처럼 문득 사라진다. 그뒤 똑같은 일이 한 번 더 반복된다. 영상이 힘을 쥐어짜 비척비척 일어서려 한다. 그곳에 있는 어떤 것을 구상화하려 시도한다. 하지만 영상은 자리를 잡지 못한다. 수신 안테나가 강풍을 맞는 것처럼 영상이 일그러진다. 메시지는 토막토막 끊어지고 윤곽은 가해지는 고통에 뿔뿔이 흩어진다. 카메라는 그 갈등을 처음부터 끝까지 우리에게 보여준다.

잠자는 여자는 실내의 그같은 이변을 모르는 것 같다. 텔레비전이 거침없이 발하는 빛과 소리에도 반응을 전혀 보이지 않는다. 설정된 완결성 속에서 그저 고요히 잠들어 있다. 현시점에서 아무것도 그녀의 깊은 잠을 어지럽히지 못한다. 텔레비전은 이 방의 새로운 침입자다. 물론 우리도 침입자이기는 하다. 하지만 새로운 침입자는 우리와 달리 조용하지 않고, 투명하지도 않다. 중립적이지도 않다. 의심할 여지없이 이 방에 **개입하려 하고 있다**. 그런 의도가 직관적으로 느껴진다.

텔레비전에 비친 영상은 오락가락하며 점차 안정도를 높여간다. 화면에는 어느 방의 내부가 비춰져 있다. 상당히 넓은 방이다. 사무실 같기도 하다. 교실 같기도 하다. 크고 개방적인 유리창과 천장에 늘어선 다수의 형광등. 하지만 가구는 보이지 않는다. 아니, 자세히 보니 방 거의 중앙에 의자 하나가 달랑 놓여 있다. 낡은 나무 의자로, 등받이는 있지만 팔걸이는 없다. 실무적이고 간소한 의자다. 의자에 누가 앉아 있다. 영상은 아직 완전히 안정되지 않은지라, 의자에 앉은 인물은 윤곽이 흐릿한 불분명한 실루엣으로 보일 뿐이다. 오랫동안 방치되어 있던 장소의 썰렁한 분위기가 방 안에 감돌고 있다.

영상을 이쪽에 전달해주는 (것 같은) 텔레비전 카메라는 주의 깊게 의자를 향해 다가간다. 체격으로 보건대 의자에 걸터앉은 사람은 아마도 남자일 것이다. 그 인물은 몸을 약간 앞으로 숙이고 있다. 얼굴을 앞으로 향하고 깊이 생각에 잠겨 있는 듯 보인다. 어두운 색 옷을 입고 구두를 신었다. 얼굴은 보이지 않지만 키는 그리 크지 않고 깡마른 남자 같다. 나이까지는 모르겠다. 우리가 선명하지 않은 화면에서 그같은 정보를 하나씩 단편적으로 수집하는 동안에도 불현듯 생각난 것처럼 화면이 흐트러진다. 노이즈가 출렁거리며 고조된다. 하지만 그같은 문제들은 오래 지속되지 않고 영상은 곧 회복된다. 잡음도 사라진다. 화면은 시행착오를 반복하며 확실하게 안정을 향해 나아가고 있다.

그 방에서 분명히 무슨 일이 벌어지려 하고 있다. 십중팔구 중요한 의미를 가지는 **뭔가**가.

3

AM 12:25

전과 마찬가지로 '데니스' 안. 마틴 데니 악단의 〈모어〉가 비지엠으로 흐르고 있다. 삼십 분 전에 비해 손님 수는 눈에 띄게 줄었다. 말소리도 들리지 않는다. 밤이 한층 깊어진 느낌이다.

마리가 테이블 앞에 앉아 여전히 두꺼운 책을 읽고 있다. 앞에는 거의 손을 대지 않은 야채 샌드위치 접시가 놓여 있다. 배가 고파서라기보다 시간을 끌기 위해 주문한 모양이다. 이따금 생각난 것처럼 책 읽는 자세를 바꾼다. 테이블에 팔꿈치를 얹었다가 의자에 몸을 기대고 편히 앉았다가 한다. 얼굴을 들어 심호흡을 하고 손님이 어느 정도 있는지 둘러보기도 한다. 하지만 그것을 별도로 치면 일

애프터
다크

관되게 독서에 집중하고 있다. 집중력은 그녀의 중대한 개인적 자산 중 하나인 것 같다.

이제는 혼자 온 손님이 많이 보인다. 노트북으로 글을 쓰는 사람도 있다. 휴대전화로 문자 메시지를 주고받는 사람도 있다. 그녀처럼 독서에 몰두한 사람도 있다. 아무것도 하지 않고 그저 창밖을 꼼짝 않고 바라보며 생각에 잠긴 사람도 있다. 잠을 이루지 못하는 것일지도 모른다. 자고 싶지 않은 것일지도 모른다. 패밀리레스토랑은 그런 사람들에게 깊은 밤 몸을 둘 곳이다.

체격이 큰 여자가 유리 자동문이 열리기를 기다리기 답답하다는 듯 안으로 들어온다. 몸집은 크지만 뚱뚱한 것은 아니다. 어깨도 넓은 데다 척 봐도 다부진 몸집이다. 검은 털실모자를 푹 눌러 썼다. 큼직한 가죽점퍼에 주황색 바지. 빈손이다. 늠름한 외모가 눈을 끈다. 안으로 들어오자 웨이트리스가 "한 분이신가요?" 하고 물으며 다가오는데, 그녀는 그것을 묵살한다. 날카로운 눈초리로 홀을 슥 훑어본다. 마리를 발견하고 큰 보폭으로 성큼성큼 다가간다.

마리의 테이블에 이른 그녀는 아무 말도 하지 않고 맞은편에 앉는다. 체격이 큰 데 비해 동작은 군더더기가 없이 기민하다.

"저, 잠깐 괜찮아?" 여자는 말한다.

독서에 집중하고 있던 마리는 얼굴을 든다. 맞은편 자리에 처음 보는 몸집 큰 여자가 앉은 것을 발견하고 놀란다.

여자는 털실모자를 벗는다. 머리는 야단스러운 금발이고, 손질 잘된 잔디밭처럼 짧게 커트를 쳤다. 이목구비는 큼직큼직하니 시원스럽고, 오랫동안 비바람에 노출되어 있던 비옷처럼 뻣뻣하다. 좌우 대칭도 잘 맞지 않는다. 하지만 자세히 보면 뭔지 모르게 상대방을 안심시켜주는 느낌이 있다. 그것은 아마도 타고난 붙임성 같은 것일 것이다. 그녀는 인사 대신 입술을 한쪽으로 씰그러뜨리듯 미소 짓고, 두툼한 손바닥으로 짧은 금발을 쓱쓱 어루만진다.

웨이트리스가 와서 매뉴얼대로 물컵과 메뉴를 테이블에 놓으려 하는데, 여자는 손을 내저어 그것을 가로막는다. "미안하지만 금방 갈 거니까 필요 없어."

웨이트리스는 안정감 없는 미소를 띠고 가버린다.

"아사이 마리 씨지?" 여자는 묻는다.

"네, 그런데요."

"다카하시한테 듣고 왔어. 십중팔구 아직 여기 있을 거라고 해서."

"다카하시?"

"다카하시 데쓰야. 키가 크고 머리가 길고 호리호리한 녀석. 트롬본 하는."

마리는 고개를 끄덕인다. "아아, 그 사람요."

"다카하시한테 들었는데, 중국어 엄청 잘한다며?"

"일상적인 말이라면 그럭저럭 할 수 있어요." 마리는 주의 깊게 대답한다. "엄청 잘하는 정도는 아니지만요."

"그럼 미안한데 나랑 같이 가줄 수 없을까? 중국인 아가씨한테 문제가 좀 생겼는데, 일본어를 못 하지 뭐야. 뭐가 어떻게 된 건지 도통 사정을 알 수 있어야지."

마리는 무슨 말인지 잘 이해하지 못한 채 서표를 끼우고 책을 덮어 옆으로 밀어놓는다. "**문제**라고요?"

"좀 다쳤거든. 이 근처야. 걸어서 금방. 그렇게 번거롭게 하진 않을 거야. 무슨 일이 있었는지 대충만 통역해주면 돼. 부탁해."

마리는 잠시 망설이지만, 상대방의 얼굴을 보고 나쁜 사람은 아니겠다고 짐작한다. 책을 숄더백에 넣고 야구점퍼를 입는다. 테이블 위의 계산서를 집으려고 하는데, 여자가 먼저 손을 뻗는다.

"이건 내가 계산할게."

"괜찮아요, 제가 주문한 건데."

"됐다니까. 이 정도는 괜찮으니까 그냥 내가 내게 해줘."

일어서니 여자가 마리보다 훨씬 큰 것을 알겠다. 마리는 몸집이 자그마한 여자애고, 상대방 여자는 농기구를 넣는 헛간 못지않게 듬직하다. 키가 175센티미터쯤 될 것이다. 마리는 포기하고 여자가 계산하도록 둔다.

두 사람은 데니스 밖으로 나온다. 이 시각이 되도록 거리는 여전히 북적인다. 게임센터의 전자음, 노래방의 호객 소리. 오토바이의 배기음. 젊은 남자 세 명이 내려진 셔터 앞에 멀거니 주저앉아 있다. 그들은 마리와 여자가 지나가는 것을 얼굴을 들고 흥미롭게 바라본다. 아마 기묘한 조합으로 보일 것이다. 하지만 아무 말도 하지 않는다. 그저 바라볼 뿐. 셔터는 스프레이 페인트로 어지럽게 낙서가 되어 있다.

"난 가오루라고 해. 참 안 어울리지만 어쨌거나 태어났을 때부터 그런 이름이었어."

"안녕하세요." 마리는 말한다.

"느닷없이 가자고 해서 미안해. 놀랐지?"

마리는 어떻게 말하면 좋을지 알 수 없어서 잠자코 있다.

"가방 들어줄까? 꽤 무거워 보이는데?" 가오루는 말한다.

"괜찮아요."

"뭐가 들었지?"

"책도 있고, 갈아입을 옷도……."

"가출한 건 아니겠지?"

"그런 건 아니에요." 마리는 말한다.

"그럼 됐고."

두 사람은 걷는다. 번화가를 벗어나 좁은 길로 들어서 비탈길을 올라간다. 가오루는 빠른 걸음으로 걷고, 마리는 그 뒤를 따른다.

인적 없는 어두운 계단을 올라가 다른 길로 나간다. 계단이 길과 길을 잇는 지름길인 모양이다. 몇몇 간이주점 간판에는 아직 불이 밝혀져 있지만, 인기척은 전혀 없다.

"저기 러브호야." 가오루는 말한다.

"러브호?"

"러브호텔. 커플 호텔. 요는 할 거 하는 곳. '알파빌'이라고 네온 간판이 있지? 저기야."

마리는 그 이름을 듣고 저도 모르게 가오루를 본다. "알파빌이라고요?"

"이상한 데 아니니까 괜찮아. 내가 저 호텔 매니저거든."

"거기 다친 사람이 있는 건가요?"

가오루는 걸으며 뒤를 돌아본다. "그래. 그게 좀 성가신 이야기라 말이지."

"다카하시 씨도 거기 있나요?"

"아니, 없어. 근처 건물 지하실에서 아침까지 밴드 연습중이야. 학생은 참 속도 편하지."

두 사람은 호텔 '알파빌' 입구로 들어간다. 손님은 현관에서 각 객실의 사진을 보고 마음에 드는 방을 골라서 번호 버튼을 눌러 열쇠를 받는 식이다. 그리고 곧장 엘리베이터를 타고 방으로 간다. 누구와 얼굴을 마주할 필요도 없고, 말을 할 필요도 없다. 휴게 요금과 일박 요금, 이렇게 두 종류가 있다. 어둑어둑한 청색 조명. 마리는 그런 여러 가지를 신기한 듯 바라본다. 가오루는 안쪽 프런트에 앉은 여자에게 잠깐 말을 건다.

"이런 데 와본 적 없지?" 가오루는 마리에게 묻는다.

"처음이에요."

"뭐, 세상엔 다양한 돈벌이가 있는 거야."

가오루와 마리는 손님용 엘리베이터를 타고 올라간다. 좁고 짧은 복도를 따라가 404라는 번호패가 붙은 문 앞에 선다. 가오루가 문을 가볍게 두 번 노크하자 곧바로 안에서 문이 열린다. 머리를 새빨갛게 염색한 젊은 여자가 불안스레 얼굴을 내민다. 여위었고 얼굴색이 좋지 않다. 커다란 분홍 티셔츠에 찢어진 청바지. 귀를 뚫어 큼직한 귀걸이를 했다.

"아아, 다행이다, 가오루 씨, 시간이 꽤 걸렸네요. 얼마나 기다렸는데요."

빨간 머리 여자는 말한다.

"어때?" 가오루가 묻는다.

"똑같아요."

"피는 멎었고?"

"네에, 그럭저럭. 페이퍼타월을 왕창 썼어요."

가오루는 마리를 안으로 들이고 문을 닫는다. 방 안에 빨간 머리

44

여자 외에 여자 종업원이 한 명 더 있다. 가오루는 마리에게 두 종업원을 소개한다.

"마리 씨야. 아까 말한 중국어 할 수 있는 사람. 여기 머리 빨간 애는 고무기라고 해. 이상한 이름이지만 일본어로 '밀'을 의미 본명. 우리 호텔에서 오래 일했어."

고무기는 붙임성 있게 생긋 웃는다. "안녕."

"안녕." 마리는 말한다.

"저쪽 애는 고오로기 일본어로 '귀뚜라미'를 의미." 가오루는 말한다. "이건 본명 아니지만."

"죄송해요. 본명은 버렸거든요." 고오로기는 간사이 사투리로 말한다. 그녀는 고무기보다 몇 살 연상인 것 같다.

"안녕." 마리는 말한다.

방에 창문이 없다. 그 때문에 갑갑하다. 방 넓이에 비해 침대와 텔레비전이 유난스레 크다. 방 한구석 바닥에 벌거벗은 여자가 웅크리고 있다. 배스타월로 몸을 가리고 두 손으로 얼굴을 감싼 채 소리 없이 울고 있다. 바닥에 피로 물든 수건이 있다. 침대 시트에도 피가 묻었다. 플로어 스탠드가 쓰러져 있다. 테이블 위에는 맥주가 반 이상 남은 병. 잔이 한 개. 텔레비전이 켜져 있다. 코미디 프로그램이 나온다. 청중의 웃음소리. 가오루가 리모컨을 들어 텔레비전을 끈다.

"꽤 호되게 맞은 것 같아." 가오루가 마리에게 말한다.

"상대방 남자한테요?" 마리는 묻는다.

"그래, 손님한테."

"손님이라니, 매춘인가요?"

"그래. 이 시간대엔 프로가 많아." 가오루는 말한다. "그래서 가끔 골치 아픈 일이 생기곤 해. 대금 지불 때문에 싸운다든지, 변태 짓을 하려 드는 녀석이 있다든지."

마리는 입술을 깨물고 생각을 정리한다.

"이 사람, 중국어만 할 수 있다는 말씀이죠?"

"일본어는 몇 마디 못 해. 하지만 경찰을 부를 순 없거든. 십중팔구 불법체류일 테고, 우리도 일일이 경찰서까지 가서 조서 쓰고 있을 만큼 한가하진 않다고."

마리는 숄더백을 테이블에 내려놓고 웅크리고 있는 여자에게 다가간다. 몸을 굽혀 중국어로 말을 건다.

"你怎么了?(어떻게 된 거예요?)"

여자는 마리의 말이 들리는지 들리지 않는지 대답하지 않는다. 어깨를 떨며 훌쩍훌쩍 울고 있다.

가오루는 고개를 내젓는다. "충격이 컸을 거야. 단단히 당한 것 같으니 말이지."

마리는 여자에게 말을 건다. "是中国人吗?(중국에서 왔어요?)"

여자는 여전히 대답하지 않는다.

"放心吧, 我跟警察没关系.(안심하세요. 전 경찰이 아니에요.)"

여자는 여전히 대답하지 않는다.

"你被他打了吗?(남자에게 폭행을 당했나요?)" 마리는 묻는다.

여자는 그제야 고개를 끄덕인다. 길고 검은 머리칼이 찰랑인다.

마리는 온화한 목소리로 참을성 있게 여자에게 말을 붙인다. 같은 질문을 몇 번씩 되풀이한다. 가오루는 팔짱을 끼고 걱정스레 두 사람을 바라보고 있다. 그동안 고무기와 고오로기는 분담해서 같이 방을 치운다. 피 묻은 페이퍼타월을 비닐 쓰레기봉투에 모은다. 더러워진 시트를 침대에서 벗겨내고 욕실의 타월을 새것으로 교체한다. 플로어 스탠드를 원 위치로 돌려놓고 병맥주와 잔을 내간다. 비품을 체크하고, 욕실을 청소한다. 늘 한 팀으로 일하는지, 두 사람의 동작은 익숙하고 군더더기가 없다.

마리는 방구석에 쭈그리고 앉아 여자와 이야기를 하고 있다. 말이 통하기 때문인지 여자는 어느 정도 침착함을 되찾은 것 같다. 띄엄띄엄이나마 마리에게 중국어로 사정을 설명하고 있다. 목소리가 하도 작아서 귀를 가까이 갖다대야 알아듣겠다. 마리는 고개를 끄덕이며 열심히 듣는다. 이따금 기운을 북돋워주듯 짤막하게 말한다.

가오루는 뒤에서 마리의 어깨를 살짝 치고 말한다. "미안하지만 이 방은 새로 올 손님을 위해 써야 해. 그러니까 이 애를 아래 사무실로 데려갈 건데, 너도 같이 가주겠어?"

"그렇지만 이 사람, 알몸인데요. 몸에 걸치고 있던 건 전부 상대방 남자가 가져갔대요. 신발에서 속옷까지 모조리."

가오루는 고개를 내젓는다. "바로 경찰에 신고하지 못하게 죄다 털어갔군. 하여간 악질적인 녀석이야."

가오루는 옷장에서 얇은 목욕가운을 꺼내 마리에게 준다. "일단 이걸 입혀."

여자는 힘없이 일어나 반쯤은 넋이 나간 상태로 배스타월을 벗고 전라가 되었다가 휘청거리면서 목욕가운을 걸친다. 마리는 황급히 눈을 다른 곳으로 돌린다. 작지만 아름다운 몸이다. 잘 빠진 유방, 매끄러운 피부, 그림자처럼 고요한 음모. 나이는 아마 마리와 비슷할 것이다. 체격에 아직 소녀 같은 느낌이 남아 있다. 자꾸 비척거리는 터라 가오루가 여자의 어깨를 부축하며 방을 나선다. 작은 종업원용 엘리베이터를 타고 내려간다. 가방을 든 마리가 그 뒤를 따른다. 고무기와 고오로기는 방에 남아 청소를 계속한다.

세 여자는 호텔 사무실로 들어간다. 벽을 따라 상자가 쌓여 있다. 철제 사무용 책상 하나, 간소한 응접세트. 책상 위에는 컴퓨터 키보드와 모니터가 있다. 벽에는 달력과 아이다 미쓰오의 글씨가 든 액자, 전자시계가 걸려 있다. 포터블 텔레비전이 있고, 소형 냉장고 위에는 전자레인지가 놓여 있다. 세 명이 들어가니 방이 꽤 비좁아진다. 가오루는 목욕가운을 입은 중국인 창부를 소파에 앉힌다. 그녀는 추운 듯 가운 앞섶을 꼭꼭 여미고 있다.

가오루는 스탠드로 비추며 창부의 얼굴에 난 상처를 다시금 점검한다. 구급상자를 들고 와 소독용 알코올과 솜으로 얼굴에 엉겨붙은 피를 깨끗이 닦아준다. 상처에 일회용 반창고를 붙인다. 코뼈가 휘지 않았는지 손가락으로 만져 확인한다. 눈꺼풀을 들어올려 눈의 충혈 정도를 살펴본다. 머리에 혹이 나지 않았는지 손으로 만져본다. 평소 그런 일에 익숙한지 깜짝 놀랄 만큼 능숙하다. 냉장고에서 아이스팩 같은 것을 꺼내 작은 타월에 싸서 여자에게 준다.

"자, 이걸 눈 밑에 대고 있으라고."

가오루는 상대방에게 일본어가 통하지 않는다는 게 생각나 아이스팩을 눈 밑에 대는 시늉을 한다. 여자는 고개를 끄덕이고 그대로 따라한다.

가오루는 마리에게 말한다. "피가 꽤 많이 났지만 대부분 코피야. 다행히 큰 상처는 없고, 머리에 혹도 안 났고, 코뼈도 안 부러진 것 같군. 눈꼬리하고 입술이 찢어지긴 했지만 꿰맬 정도는 아니야. 일주일쯤은 눈 주위 얻어맞은 곳에 멍이 검게 남을 테고, 영업에 지장이 있겠지만."

마리는 고개를 끄덕인다.

"힘은 있지만 때리는 게 아마추어야." 가오루는 말한다. "이런 식으로 무턱대고 때리면 자기 손도 꽤 아픈데. 게다가 힘을 주체 못하고 객실 벽까지 때렸군. 몇 군데 살짝 꺼진 자국이 있지 뭐야. 머리가 홱 돌았을 테지. 앞뒤 안 가렸어."

고무기가 들어와 벽 근처에 쌓인 상자에서 뭔가를 꺼낸다. 404호실에 가져다 놓을 새 목욕가운이다.

"가방이랑 돈, 휴대전화까지 전부 남자가 가져갔대요." 마리는 말한다.

"할 짓만 하고 줄행랑쳤다는 뜻?" 고무기가 옆에서 끼어든다.

"그게 아니라 뭐랄까…… 하기 전에 갑자기 생리가 시작된 모양이에요. 예정보다 빨리. 그래서 남자가 화나서……."

"어쩔 수 없는 일 아냐, 그런 거." 고무기는 말한다. "그거 원래 시작할 땐 느닷없이 시작되고 그러니까."

가오루는 혀를 찬다. "됐으니까 넌 쓸데없는 소리 말고 얼른 404호나 치워."

"네, 죄송해요." 고무기는 사무실에서 나간다.

"자, 그럼 해볼까 했더니 여자가 생리를 시작해서, 그래서 욱해서 흠씬 두들겨패고 돈이랑 옷이랑 빼앗아서 사라졌다는 건가." 가오루는 말한다. "그놈, 문제 있는 녀석이군."

마리는 고개를 끄덕였다. "시트에 피 묻혀서 죄송하대요."

"그건 상관없어. 우리도 그런 일엔 익숙하니까. 왠지는 몰라도 러브호텔에서 생리 시작하는 애들이 많거든. 뻔질나게 전화가 와. 생리대 좀 빌려줘라, 탐폰 빌려줘라, 하고 말이지. 우리가 마쓰키요일본의 드러그스토어인 줄 아느냐고 하고 싶어져. 어쨌든 이 애한테 뭣 좀 입혀야겠어. 저대로 둘 순 없으니까."

가오루는 상자를 뒤져 비닐 팩에 든 속옷을 꺼낸다. 객실 자동판매기에 채워놓는 실용적인 속옷이다. "대용품으로 입는 싸구려니까 빨아서 또 입는 건 안 되지만 일단 그걸 쓰라고. 팬티는 안 입으면 어째 썰렁하고 허전하잖아."

가오루는 이어서 옷장을 뒤진 끝에 색 바랜 녹색 트레이닝복 아래윗벌을 찾아 창부에게 건넨다.

"전에 우리 호텔에서 일했던 여자애가 놓고 간 거야. 일단 세탁은 했으니까 깨끗해. 이거면 돌려주지 않아도 되고. 신발은 고무 샌들 정도밖에 없지만, 아예 맨발보다는 낫겠지."

마리가 여자에게 그것을 설명한다. 가오루는 찬장을 열고 생리대 몇 개를 꺼내 창부에게 건넨다.

"이것도 쓰고. 저기 화장실에서 갈아입고 와." 그러면서 세면실 문을 턱짓으로 가리킨다.

창부는 고개를 끄덕이고 일본어로 "고마워요"라고 말한다. 그러고는 가오루가 준 옷가지를 끼고 세면실로 들어간다.

가오루는 책상 앞 의자에 앉아 천천히 고개를 내저으며 긴 한숨을 쉰다. "이런 일을 하다 보면 말이지, 나 원 참, 별별 일이 다 있어."

"일본에 온 지 겨우 두 달 좀 넘었대요." 마리는 말한다.

"어차피 불법체류겠지?"

"거기까지는 못 들었지만, 말씨로 보건대 북쪽 출신 같아요."

"옛날로 치면 만주 말이야?"

"네, 아마."

"흠." 가오루는 말한다. "아무튼 누가 여기까지 데리러 와주려나?"

"이 일을 관리하는 사람이 있는 모양이에요."

"중국인 조직이야. 이 부근 매춘을 독점하고 있지." 가오루는 말한다. "중국 본토에서 여자들을 배로 밀입국시키고 몸으로 비용을 갚게 하는 거야. 전화로 주문하면 오토바이로 여자를 호텔까지 배달해줘. 피자 주문처럼 따끈따끈하게 배달돼. 우리 호텔 단골 고객이야."

"조직이라니, 야쿠자 같은 건가요?"

가오루는 고개를 흔든다. "아니, 난 여자 프로레슬링을 오래 해서 지방 원정경기 같은 것도 다닌 터라 아는 야쿠자도 몇 명 있는데 말이지. 중국인 범죄조직 녀석들에 비하면 일본 야쿠자는 그나마 귀

여운 편이야. 좌우지간 무슨 짓을 할지 예측이 안 되는 녀석들이라고. 하지만 이 애는 그 녀석들한테밖에 갈 데가 없지. 이제 와서 가릴 처지가 아냐."

"오늘 일한 돈을 못 받은 것 때문에 그 사람들한테 혼날까요?"

"글쎄, 어떨까. 어쨌든 상판이 이래선 당분간 손님은 못 받을 테고, 벌이가 없으면 아무 값어치가 없어. 예쁜 애인데 말이지."

창부가 세면실에서 나온다. 색 바랜 트레이닝복 아래윗벌에 고무샌들 차림. 트레이닝복 가슴에 아디다스 상표가 붙어 있다. 얼굴에 멍은 뚜렷이 남아 있지만, 머리는 전보다 말끔하게 정돈되었다. 낡은 트레이닝복을 입어도, 입술이 퉁퉁 붓고 얼굴에 멍이 들어도 아름다운 여자다.

가오루는 창부에게 일본어로 묻는다. "전화 쓰고 싶지?"

마리는 그 말을 중국어로 통역한다. "要打电话吗?(전화 쓰고 싶은가요?)"

창부는 서툰 일본어로 대답한다. "네, 고마워요."

가오루는 하얀 무선전화기를 창부에게 준다. 창부는 번호를 누르고 전화를 받은 상대방에게 작은 목소리의 중국어로 보고한다. 상대방이 빠른 말투로 뭐라 고함치고, 그녀는 짤막하게 대답한다. 그리고 전화를 끊는다. 심각한 표정으로 전화기를 가오루에게 돌려준다.

창부는 가오루에게 일본어로 감사를 표한다. "고마워요." 그뒤 마리에게 말한다. "马上有人来接我.(누가 여기로 데리러 올 거예요. 금방.)"

마리는 가오루에게 설명한다. "금방 누가 데리러 올 건가 봐요."

가오루는 얼굴을 찡그린다. "그러고 보니 방값을 못 받았는걸. 보통은 상대방 남자가 내는 건데, 안 주고 그냥 튀어버렸어. 맥주까지 마시고선."

"데리러 온 사람한테 받으시나요?" 마리는 묻는다.

"글쎄." 가오루는 생각에 잠긴다. "그렇게 수월하면 좋겠지만."

가오루는 찻주전자에 찻잎을 넣고 보온 포트에서 뜨거운 물을 따른다. 찻종 세 개에 차를 따라 하나를 중국인 창부에게 준다. 창부는 고마움을 표하고 찻종을 받아 차를 마신다. 입술이 찢어진 탓에 뜨거운 차를 마시기 불편한 것 같다. 한 모금 마시고 눈살을 찌푸린다.

가오루는 차를 마시며 창부에게 일본어로 말을 건다.

"그나저나 댁도 힘들겠어. 멀리 일본까지 밀항해서 와가지곤 녀석들한테 이렇게 계속 착취당하니 말이야. 고향에서 생활이 어땠는지 모르지만, 이런 곳에 안 오는 편이 나았던 거 아냐?"

"통역할까요?" 마리는 묻는다.

가오루는 고개를 흔든다. "안 해도 돼. 그냥 시답잖은 혼잣말이니까."

마리는 창부에게 말을 건다. "你几岁了?(나이는 몇 살?)"

"十九.(열아홉.)"

"我也是.叫什么名字?(나도 그래. 이름은?)"

창부는 잠시 주저하다가 대답한다. "郭冬莉.(궈 둥리.)"

"我叫玛丽.(내 이름은 마리야.)"

마리는 여자를 향해 살짝 미소를 짓는다. 희미하게나마 자정 이후로 마리가 처음 보인 웃는 얼굴이다.

호텔 '알파빌'의 입구 앞에 오토바이 한 대가 선다. 매끈하게 잘 빠진 혼다의 대형 스포츠바이크. 풀페이스 헬멧을 쓴 남자. 무슨 일이 벌어지면 바로 뜰 수 있도록 시동을 끄지 않는다. 몸에 딱 붙는 검은 가죽점퍼에 청바지. 목이 긴 농구화. 두툼한 장갑. 남자는 헬멧을 벗어 연료통 위에 놓는다. 주변을 주의 깊게 둘러본 뒤 한쪽 장갑을 벗어 주머니에서 휴대전화를 꺼낸다. 그리고 번호를 누른다. 서른 살쯤 된 남자. 갈색으로 염색한 머리, 포니테일. 이마는 널찍하고 뺨이 움푹 팼으며 눈빛이 날카롭다. 간단한 대화가 오간다. 남자는 전화를 끊고 전화기를 주머니에 넣는다. 장갑을 끼고 그 자세 그대로 기다린다.

이윽고 가오루와 창부와 마리, 셋이 현관으로 나온다. 창부는 고무샌들을 짝짝 소리내어 끌며 지친 발걸음으로 오토바이를 향해 걸어간다. 기온이 아까보다 낮아져 트레이닝복 아래윗벌만으로는 추울 것 같다. 오토바이를 타고 온 남자가 창부에게 날카롭게 뭐라 말하고, 여자가 작은 목소리로 대답한다.

가오루는 오토바이 남자에게 말한다. "저 말이지, 형씨, 우리 아직 방값 못 받았는데."

남자는 가오루를 한참 쳐다본다. 그리고 말한다. "방값, 우리는 내지 않아. 남자가 내." 남자의 말은 억양이 결여되어 있다. 단조롭고 표정이 없다.

"그건 알아." 가오루는 쉰 목소리로 말한다. 헛기침을 한 번 한다. "그렇지만 피차 이런 좁은 바닥에서 얼굴 보고 장사하는 사이잖아. 이번 일로 우리도 나름 손해를 봤다고. 어쨌거나 폭행 상해 사건이니 말이지, 경찰에 전화할 수도 있었어. 하지만 그럼 댁들도 쪼금 곤란할 거 아냐? 그러니까 일단 방값 육천팔백 엔만 주면 우리는 뭐라 않겠다고. 맥주 값은 빼줄 테니까. 고통 분담이야."

남자는 감정이 결여된 눈으로 가오루를 한참 본다. 눈을 들어 호텔의 네온 간판을 본다. '알파빌.' 그뒤 다시 장갑을 벗어 점퍼 주머니에서 가죽지갑을 꺼내 천 엔 지폐를 일곱 장 세어 떨어뜨린다. 바람이 없는 터라 지폐는 곧장 땅바닥으로 떨어져 그곳에 있다. 남자는 다시 장갑을 낀다. 팔을 들어 손목시계를 본다. 동작 하나하나는 부자연스러우리만큼 느릿느릿하다. 남자는 결코 서두르지 않는다.

애프터
다크

그는 자기 존재의 무게를 그곳에 있는 세 여자에게 과시하는 것처럼 보인다. 그는 무슨 일을 하건 원하는 만큼 시간을 들일 수 있다. 그동안 오토바이 엔진은 성급한 짐승처럼 **굵은 소리**를 부르부르 내고 있다.

"배짱 한번 좋군." 남자가 가오루에게 말한다.

"고마워." 가오루는 말한다.

"경찰에 전화했다간 이 근처에 불이 날지도 몰라." 남자가 말한다.

얼마 동안 깊은 침묵이 이어진다. 가오루는 눈을 떼지 않고 팔짱을 낀 채 상대방의 얼굴을 보고 있다. 얼굴에 상처를 입은 창부는 두 사람의 말을 이해하지 못한 채 불안스레 두 사람을 번갈아 보고 있다.

남자는 이윽고 헬멧을 들어 머리에 쓰고 손짓으로 불러 여자를 오토바이 뒤에 태운다. 여자는 두 손으로 그의 점퍼를 붙든다. 그녀는 고개를 돌려 마리를 보고, 가오루를 본다. 그러고 다시 마리를 본다. 하고 싶은 말이 있는 듯한데 결국 아무 말도 하지 않는다. 남자는 페달을 세게 찬 다음 액셀을 밟아 가버린다. 배기음이 심야의 거리에 묵직하게 울려 퍼진다. 가오루와 마리, 둘만 남는다. 가오루는 몸을 굽혀 땅에 떨어진 천 엔 지폐를 한 장씩 주워 모은다. 방향을 맞춰 챙기고 반 접어 주머니에 쑤셔 넣는다. 숨을 깊이 들이쉬고 짧은 금발을 손바닥으로 쓱쓱 문지른다.

"어휴, 참."

그녀는 말한다.

애프터
다크

4

AM 12:37

아사이 에리의 방.

방 안에는 달라진 데가 없다. 다만 의자에 앉은 남자의 모습이 조금 전보다 크게 화면에 비친다. 우리는 그 인물의 모습을 상당히 명료하게 볼 수 있다. 아직 어느 정도 전파 장애가 있어 이따금 영상이 휘청 흔들리면서 윤곽이 일그러지고 질량감이 엷어진다. 귀에 거슬리는 잡음도 커진다. 맥락 없는 다른 영상이 순간적으로 끼어들기도 한다. 하지만 혼란은 금세 수습되고, 본래 영상이 돌아온다.

아사이 에리는 역시 침대에서 깊은 잠에 고요히 빠져 있다. 텔레비전 화면에서 발하는 인공적인 색조의 빛이 그녀의 옆얼굴에 움직임이 있는 음영을 드리우지만, 그로 인해 잠이 방해받지는 않는다.

화면 속 남자는 짙은 갈색 양복을 입었다. 원래는 질 좋고 모양 나는 양복이었을지도 모르지만, 지금은 얼핏 보기에도 후줄근하다. 소매와 등 여기저기에 부연 먼지 같은 게 붙어 있다. 코가 둥근 검정 가죽구두를 신었는데, 신발에도 역시 먼지가 묻었다. 어디 먼지가 수북이 쌓인 곳을 지나 이 방으로 온 걸까? 기본 칼라의 흰색 셔츠에 무늬 없는 검은 모직넥타이. 셔츠도 넥타이도 똑같이 피로의 빛을 띠고 있다. 머리는 희끗희끗하다. 아니, 머리가 센 게 아니라 검은 머리에 부연 먼지가 묻은 것뿐일지도 모른다. 어느 쪽이든 남자의 머리는 빗질을 한 지 오래된 것 같다. 그런데도 이상하게 남자의 행색은 지저분하다는 인상이 없다. 추레한 느낌도 없다. 어떤 부득이한 사정이 있어서 몸이고 옷이고 먼지를 뒤집어쓰고 심히 피폐해져 있을 뿐이다.

얼굴은 볼 수 없다. 현시점에서 텔레비전 카메라가 비추는 것은 남자의 뒷모습과 얼굴을 제외한 다른 신체 부분들뿐이다. 빛의 각도 때문인지, 아니면 의도적으로 그렇게 하는지, 얼굴 부분은 늘 어두운 그늘에 가려져 우리 눈이 닿지 않는 곳에 있다.

남자는 움직이지 않는다. 이따금 숨을 크고 길게 쉬고, 그에 맞춰 양 어깨가 완만하게 오르내릴 뿐이다. 오랫동안 한 방 안에 감금되어 있는 인질처럼 보이기도 한다. 남자의 주변에는 뭔지 모를 지체

된 체념 같은 게 감돌고 있다. 하지만 딱히 묶여 있지는 않다. 의자에 앉아 몸을 꼿꼿이 펴고 고요히 호흡하며 앞쪽 한 지점을 꼼짝 않고 응시하고 있을 뿐이다. 스스로 움직이지 않기로 한 것인지, 아니면 어떤 이유가 있어 현실적으로 움직일 수 없는 상태에 처한 것인지, 거기까지는 모르겠다. 두 손은 무릎 위에 가지런히 놓여 있다. 시각은 확실하지 않다. 밤인지 낮인지 그것도 모르겠다. 하지만 천장에 줄지은 형광등 조명 덕에 방 안은 여름날 오후처럼 허옇게 밝다.

이윽고 카메라는 앞으로 돌아가 남자를 정면에서 비춘다. 그래도 남자의 신원은 밝혀지지 않는다. 수수께끼는 오히려 더욱 깊어질 뿐이다. 그의 얼굴 전체가 반투명 마스크로 가려져 있기 때문이다. 필름처럼 얼굴에 밀착되어 있는 터라 마스크라 부르기 망설여질 정도다. 하지만 아무리 얇아도 가면으로서의 목적은 충분히 달성한다. 빛을 흐릿하고 반들반들하게 반사하며 그의 이목구비와 표정을 꼼꼼하게 배후로 감춘다. 우리가 간신히 추측할 수 있는 것은 대략적인 얼굴 윤곽뿐이다. 마스크는 코와 입, 눈의 위치에 구멍조차 뚫려 있지 않다. 그래도 호흡을 하고, 사물을 보고, 소리를 듣는 데 불편이 없는 것 같다. 통기성과 투과성이 뛰어난 것이리라. 하지만 그런 익명성의 외피가 어떤 소재를 써서 어떤 기술로 만든 것인지, 겉에서 본 것만으로는 짐작도 되지 않는다. 마스크에는 주술성과 기능성이 동등하게 갖춰져 있다. 그것은 고대로부터 어둠과 더불어 전해져 내려온 것이며, 또 미래에서 빛과 더불어 보내온 것이기도 하다.

마스크가 진정으로 섬뜩한 것은 얼굴에 그렇게 밀착되어 있는데도 그 뒤에 있는 인간이 무엇을 생각하고 무엇을 느끼고 무엇을 꾸미고 있는지(또는 그러지 않는지) 전혀 상상이 되지 않는다는 점이다. 남자의 존재가 선한 것인지, 악한 것인지, 그가 품고 있는 생각이 바른 것인지, 비뚤어진 것인지, 가면이 그를 감추기 위한 것인지, 아니면 그를 지키기 위한 것인지 판단할 수 있는 실마리가 없다. 남자는 정밀한 익명의 가면을 얼굴에 쓴 채 의자에 조용히 앉아 텔레비전 카메라에 포착되어 그곳에 하나의 상황을 만들어내고 있다. 우리는 일단 판단을 보류하고 상황을 있는 그대로 받아들일 수밖에 없을 것 같다. 그를 '얼굴 없는 남자'라 부르기로 한다.

카메라 앵글은 이제 한곳에 고정되어 있다. 카메라는 '얼굴 없는 남자'의 모습을 정면의 다소 아래쪽에서 잡은 채 움직이지 않는다. 갈색 양복을 입은 남자는 꼼짝도 하지 않고 텔레비전 브라운관에서 유리 너머 **이쪽**을 보고 있다. 즉, 그는 **저쪽**에서 우리가 있는 방 안을 똑바로 보고 있는 셈이다. 물론 그의 눈은 광택 있는 수수께끼의 가면 뒤에 감추어져 있다. 하지만 그래도 시선의 존재가, 무게가, 생생하게 느껴진다. 그는 확고한 결의를 가지고 앞쪽에 있는 어떤 것을 응시하고 있다. 얼굴 각도로 보건대 아무래도 아사이 에리의 침대 언저리를 보는 것 같다. 우리는 그 가설상의 시선을 주의 깊게 따라가 본다. 그래, 틀림없다. 가면 쓴 남자가 형태 없는 눈으로 쳐다보는 것은 역시 이쪽 침대에 잠들어 있는 에리다. 아니, 그는 처음부터 일관되게 그녀만 바라보고 있는 것이다. 그 사실을 우리는 여기에 이르러 비로소 이해한다. 그는 이곳을 볼 수 있다. 텔레비전 화면은 이쪽 방을 향해 열린 창으로 기능하고 있다.

영상이 이따금 흔들렸다가 도로 회복된다. 전기적인 잡음이 커질 때도 있다. 잡음은 누군가의 뇌파 변화를 신호로 증폭시킨 것처럼 들리기도 한다. 밀도를 더해가며 고조되는데, 어느 지점에 도달하면 한계에 다다라 퇴행을 시작해서, 이윽고 소멸된다. 그랬다가 불현듯 생각난 것처럼 다시 떠오른다. 그게 되풀이된다. 하지만 '얼굴 없는 남자'의 시선은 흔들리지 않는다. 주의가 흐트러지지도 않는다.

침대에 잠들어 있는 아름다운 아가씨. 검은 생머리는 베개 위에 의미심장한 부채꼴로 펼쳐져 있다. 보드랍게 다문 입술. 바다 깊이 가라앉은 마음. 텔레비전 화면이 가물거릴 때마다 옆얼굴에 닿는 빛이 흔들리고 음영은 불가해한 기호가 되어 춤춘다. 간소한 나무 의자에 앉아 말없이 그녀를 보고 있는 '얼굴 없는 남자'. 그의 두 어깨가 이따금 호흡에 맞춰 살며시 오르내린다. 이른 아침의 잔잔한 물결에 흔들리는 빈 보트처럼.

방 안에 그외의 움직임은 없다.

5

마리와 가오루가 인적 없는 뒷길을 걷고 있다. 가오루가 마리를 어딘가로 데려다주는 중이다. 마리는 감색 보스턴 레드삭스 모자를 푹 눌러썼다. 그 모자를 쓰면 남자처럼 보인다. 모자를 들고 다니는 것은 아마 그 때문일 것이다.

"네가 있어서 다행이었어." 가오루는 말한다. "뭐가 뭔지 알 수 없는 상황이었으니 말이지."

두 사람은 오는 길에 올라왔던 지름길이 되는 계단을 내려가고 있다.

"저기, 시간 있으면 어디 잠깐 들렀다 가지 않겠어?" 가오루가 묻는다.

"어디요?"

"목이 말라서. 차가운 맥주 한 모금 마시고 싶어졌어. 넌?"

"저 술 못 마셔요." 마리는 말한다.

"주스나 뭐나 마시면 되지. 어차피 아침까지 어디서 시간 때울 거 잖아?"

두 사람은 작은 바의 카운터에 앉아 있다. 다른 손님은 없다. 벤 웹스터의 오래전 레코드를 틀어놓았다. 〈마이 아이디얼〉. 1950년 대 연주다. 시디가 아니라 옛날식 엘피 레코드가 마흔 장 내지 쉰 장쯤 선반에 꽂혀 있다. 가오루는 기름한 잔으로 생맥주를 마시고 있다. 마리 앞에는 라임을 짜넣은 페리에가 놓여 있다. 초로의 바텐 더는 카운터 안에서 묵묵히 얼음을 깎고 있다.

"그나저나 미인이던데요." 마리는 말한다.

"아까 그 중국인?"

"네."

"그래. 그렇지만 그런 일 하고 살았다간 미인인 것도 잠깐이야. 금세 수척해지고 늙어버려. 정말이야. 그런 거 지금까지 수도 없이 봤다고."

"그 사람, 저랑 똑같이 열아홉 살인데요."

"그렇지만 말이지." 가오루는 말하며 안주로 나온 너트를 먹는다. "나이하곤 상관없거든. 일이 워낙 힘드니까 보통 신경으론 못 해먹고, 그러니까 주사 맞고, 그럼 끝장인 거야."

마리는 말이 없다.

"넌 대학생?"

"네. 외국어 대학에서 중국어를 공부해요."

"외국어 대학이란 말이지……." 가오루는 말한다. "졸업하면 뭐 하게?"

"가능하면 개인으로 번역이나 통역 같은 일을 하고 싶어요. 직장 생활은 안 맞을 것 같아서요."

"머리 좋구나."

"별로 좋지 않아요. 하지만 어렸을 때부터 내내 부모님한테 그런 말을 듣고 자랐거든요. 넌 얼굴이 안 받쳐주니까 최소한 공부라도 잘해야지, 안 그럼 답이 없다고."

가오루는 눈을 가늘게 뜨고 마리를 본다. "너 충분히 예쁜데. 괜히 빈말로 하는 소리가 아니라 진짜로. 얼굴이 안 받쳐준다는 건 나 같은 인간을 두고 말하는 거야."

마리는 어딘지 모르게 갑갑하다는 듯 어깨를 가볍게 움츠리는 것 같은 동작을 한다. "저희 언니는 빼어난 미인인 데다 시선을 끌기 때문에 어렸을 때부터 늘 비교됐어요. 자매가 꽤나 다르다고. 확실히 비교하면 답이 없긴 해요. 전 땅꼬마지, 가슴도 작지, 머리는 곱슬머리지, 입은 너무 크지, 게다가 난시 섞인 근시지."

가오루는 웃는다. "그런 걸 개성이라고 하는 거야, 보통."

"그렇지만 그런 식으로 생각하기 쉽지 않은걸요. 어렸을 때부터 얼굴이 안 받쳐준다는 말을 계속 듣다 보면."

"그래서 열심히 공부한 거야?"

"일단은요. 하지만 남이랑 성적을 겨루는 건 좋아하지 않았어요. 운동도 잘 못 하고, 친구도 못 사귀고, 왕따 같은 것도 당하고, 그래서 초등학교 3학년 때 학교에 안 가게 됐어요."

"등교 거부?"

"학교 가는 게 너무너무 싫어서 아침이 되면 먹은 걸 토하고, 배탈이 심하게 나고 그랬어요."

"흠. 난 성적은 끝내주게 안 좋았지만 매일 학교 가는 게 그렇게 싫지는 않았는데. 마음에 안 드는 녀석이 있으면 가리지 않고 죄 흠씬 패줬으니 말이지."

마리는 미소를 짓는다. "저도 그럴 수 있으면 좋았겠지만……."

"뭐, 됐어. 딱히 자랑할 일도 아니겠다. ……그래서 어쨌어?"

"요코하마에 중국 애들이 다니는 학교가 있어서, 이웃에 사는 소꿉친구 여자애가 거기 다녔어요. 수업의 절반은 중국어였지만, 일본 학교하고 달리 성적 때문에 아등바등하지 않아도 됐고, 친구도 있겠다, 거기라면 가도 되겠다 싶었어요. 부모님은 물론 반대했지만 절 학교에 보낼 방법이 그거 말고 없어서……."

"어지간히 완강했군."

"그랬을지도 몰라요." 마리는 인정한다.

"그 중국인 학교, 일본 사람도 들어갈 수 있구나?"

"네. 자격이 필요한 건 아니에요."

"하지만 그땐 중국어 못했을 거 아냐?"

"네. 한 마디도 못했어요. 그렇지만 워낙 어렸기도 하고 옆에서 친구가 도와줘서 말은 금방 배웠어요. 좌우지간 느긋한 학교거든요. 중학교부터 고등학교까지 죽 거기 다녔어요. 하지만 부모님 입장에선 별로 마땅치 않았나봐요. 입시 명문고에 가서 장차 변호사나 의사 같은 전문직을 갖기를 저한테 기대하신 거죠. 역할 분담이랄지…… 백설 공주 같은 언니랑 수재 동생."

"언니가 그렇게 미인이야?"

마리는 고개를 끄덕이고 페리에를 한 모금 마신다. "중학교 때부터 잡지 모델을 했어요. 십대 소녀가 대상인 공주님 패션잡지."

"흐음." 가오루는 말한다. "그렇게 잘 나가는 언니가 있으면 아닌 게 아니라 부담스러울지도 모르겠네. 하지만 그건 그렇다 치고 어째서 너 같은 애가 오밤중에 이런 데를 돌아다니는 거지?"

"저 같은?"

"뭐랄까, 척 봐도 **착실한** 애란 뜻이야."

"집에 가기 싫어서요."

"가족하고 싸우기라도 했어?"

마리는 고개를 흔든다. "그런 게 아니에요. 그냥 혼자 어디 집 아닌 데 있고 싶었어요. 날이 밝을 때까지."

"전에도 이런 적 있고?"

마리는 말이 없다.

가오루는 말한다. "쓸데없는 오지랖일 수도 있지만, 솔직히 이 거리는 착실한 여자애가 혼자 밤을 지새우기에 어울리는 곳이 아니야. 위험한 녀석들도 얼쩡거리고 심지어 나도 몇 번 위험한 일을 당할 뻔했다고. 막차가 떠나고 나서 첫차가 올 때까지 여기는 낮하고 좀 다른 장소가 되는 거야."

마리는 카운터에 놓인 보스턴 레드삭스 모자를 들어 얼마동안 챙 부분을 만지작거린다. 머릿속으로 뭔가를 생각하고 있다. 하지만 결국 그녀는 그 생각을 떨쳐버린다.

마리는 온화한, 그러면서도 딱 부러진 어조로 말한다. "죄송한데 뭔가 딴 이야기를 해도 될까요?"

가오루는 너트 몇 개를 집어 한꺼번에 입에 넣는다. "물론 되지. 딴 이야기를 하자."

마리는 야구점퍼 주머니에서 필터 있는 캐멀을 꺼내 빅 라이터

70

애프터
다크

로 불을 붙인다.

"호, 담배 피워?" 가오루는 감탄한 듯 말한다.

"가끔요."

"솔직히 별로 안 어울리는데."

마리는 얼굴을 붉히고 어색하게 살짝 미소 짓는다.

"나도 한 대 줄래?" 가오루는 말한다.

"그럼요."

가오루는 캐멀을 입에 물고 마리의 라이터를 집어 불을 붙인다. 아닌 게 아니라 가오루가 담배 피우는 모습이 훨씬 그럴싸하다.

"남자친구는 있어?"

마리는 짤막하게 고개를 흔든다. "지금은 남자한테 별로 관심 없어요."

"여자 쪽이 나아?"

"그런 게 아니라요. 잘 모르겠지만."

가오루는 음악을 들으며 담배를 피운다. 몸의 힘을 빼자 피로의 빛이 보일 듯 말 듯 얼굴에 비친다.

"아까부터 물어보고 싶었는데요." 마리는 말한다. "왜 호텔 이름이 '알파빌'이죠?"

"글쎄, 왜려나. 아마 우리 사장이 지었을 텐데. 러브호텔 이름이야 하나같이 대충 붙인다고. 결국은 남녀가 그걸 하러 오는 데니까,

침대하고 욕실만 있으면 오케이고 이름 같은 건 아무도 신경 안 써. 비스름한 것 하나만 있으면 돼. 왜 그런 걸 묻는 거지?"

"제가 제일 좋아하는 영화 중 하나거든요, 〈알파빌〉. 장 뤽 고다르의."

"못 들어본 제목인데."

"꽤 오래된 프랑스 영화예요. 1960년대."

"그럼 거기서 따왔을 수도 있겠네. 다음에 사장 만나면 물어보지, 뭐. 뜻은 뭔데, 알파빌?"

"근미래 가공의 도시 이름이에요." 마리는 말한다. "은하계 어딘가에 있는 도시."

"그럼 SF 영화야? 〈스타워즈〉 같은?"

"아뇨, 그런 건 아니에요. 특수촬영이라든지 액션 같은 건 아니고…… 잘 설명 못 하겠지만, 관념적인 영화예요. 흑백영화에, 대사가 많고, 예술영화관에서 상영하는 것 같은."

"관념적이라니?"

"가령 알파빌에선 눈물을 흘리며 우는 사람은 체포돼서 공개 처형을 당해요."

"왜?"

"알파빌에서 사람은 깊은 감정이란 걸 가지면 안 되거든요. 그러니까 그곳엔 애정 같은 게 존재하지 않아요. 모순도, 아이러니도 없어요. 모든 게 수식數式을 사용해 집중적으로 처리돼요."

가오루는 미간을 좁힌다. "아이러니?"

"사람이 자신을, 또는 자신에게 속하는 걸 객관시해서, 또는 반대 방향에서 바라보면서 우스꽝스러운 점을 발견해내는 것."

가오루는 마리의 설명을 잠시 생각한다. "그래도 잘 모르겠지만, 어쨌든 그 알파빌에 섹스가 존재해?"

"섹스는 있어요."

"애정이랑 아이러니를 필요로 하지 않는 섹스."

"그렇죠."

가오루는 재미있다는 듯 웃는다. "그거 그러고 보면 러브호텔 이름으로 꽤 잘 맞는지도 모르겠는걸."

체격이 작고 몸차림이 말쑥한 중년 남자 손님이 들어와서 카운터 한쪽 끝에 앉아 칵테일을 주문하고 나직한 목소리로 바텐더와 이야기한다. 단골손님인가 보다. 늘 앉는 자리와 늘 마시는 것. 심야의 도회지를 보금자리로 삼는, 정체를 잘 알 수 없는 사람들 중 하나다.

"가오루 씨는 프로레슬링을 하셨어요?" 마리는 묻는다.

"그래, 꽤 오래 했지. 체격도 큰 데다 주먹도 세서, 고등학교 때 스카우트 돼서, 바로 데뷔해서, 그때부터 내내 악역 전문. 머리는 야단스러운 금발로 염색하고, 눈썹도 싹 밀고, 어깨에 붉은 전갈 문신

73

까지 새겼어. 텔레비전에도 가끔 나왔다고. 홍콩이랑 대만에도 시합하러 갔고. 고향에 조촐하게나마 후원회 같은 것까지 있었어. 넌 여자 프로레슬링 같은 거 안 보지?"

"아직 본 적 없어요."

"뭐, 그것도 어쨌거나 뼈 빠지게 고된 직업이라 말이지, 결국 등을 다치는 바람에 스물아홉 살에 은퇴했어. 내 경우 적당히 빼지 않고 전력으로 시합했으니 그야 언젠가 몸 상할 만도 했지. 아무리 튼튼해도 모든 일엔 한계가 있다고. 난 성격상 적당히 하는 게 안 되거든. 서비스 정신이 투철하다고 할지, 관객이 와 하고 열광하면 그만 마음이 동해서 나도 모르게 필요 이상으로 하지 뭐야. 덕분에 지금도 비가 오래 오면 등이 욱신욱신 쑤셔. 그럼 아무것도 안 하고 그냥 가만히 누워 있는 수밖에 없어. 한심한 일이지."

가오루는 뚝뚝 큰 소리를 내며 목을 돌린다.

"인기가 있었을 때는 수입도 짭짤하고 주위에서 치켜세워줬지만, 그만두고 났더니 거의 **아무것도** 안 남아 있었어. 빈털터리. 고향 야마가타에 부모님 집을 지어준 건 효도한 거니까 그나마 괜찮지만, 동생 노름빚 갚아줬지, 잘 알지도 못하는 친척한테 돈 떼였지, 은행원 말 믿고 수상쩍은 투자를 했다가 다 날려버렸지…… 그렇게 되니까 이제 아무도 가까이 오지 않더라. 지난 십몇 년간 난 대체 뭘한 건가 싶어서 그때만은 엄청 우울했어. 서른 살을 눈앞에 두고 몸은 다 망가졌지, 모은 돈도 한 푼 없지. 이제 어쩌나 생각하는데, 후원회를 통해서 우리 사장이 러브호텔 매니저로 일해보지 않겠느냐고 제안한 거야. 말이 매니저지, 하는 일은 보시다시피 가드나 다름없지만."

가오루는 남아 있던 생맥주를 단숨에 마신다. 그리고 손목시계를 본다.

"안 가보셔도 돼요?"

"러브호텔이란 데는 말이지, 이 시간대가 제일 한가하거든. 전철도 이제 없으니까 지금 있는 손님은 대부분 숙박할 사람들이고 아침까지 움직임다운 움직임은 없어. 정식으로는 아직 근무중이지만, 맥주 한 잔 정도 마신다고 누가 뭐라 하겠어."

"아침까지 일하고 댁에 가시는 거예요?"

"요요기에 세 들어 사는 집이 있긴 한데, 가봤자 뭐가 있는 것도 아니고 누가 기다리는 것도 아니니까, 호텔 당직실에서 자고 일어나서 바로 일하고 할 때가 많아. 넌 이제 어쩔 거지?"

"어디서 책 읽으면서 시간 때우려고요."

"있지, 너만 괜찮으면 그냥 우리 호텔에 있어도 돼. 오늘은 방이 다 차지 않았으니까 아침까지 빈방에 있게 해줄 수 있어. 러브호텔 객실에 혼자 있는 것도 상당히 청승스럽긴 하지만, 자기엔 좋다고. 침대는 좋으니까."

마리는 살짝 고개를 끄덕인다. 하지만 그녀의 마음은 명확하다. "고맙습니다. 그렇지만 제 힘으로 어떻게 될 것 같아요."

"그럼 됐고." 가오루는 말한다.

"다카하시 씨는 이 근처에서 연습하나요? 밴드 연습."

"아아, 다카하시 말이지. 여기서 얼마 안 가서 있는 건물 지하에서 아침까지 신나게 연습할걸. 들어볼래? 무지 시끄럽지만."

"아뇨, 그런 건 아니고 그냥 물어본 것뿐이에요."

"그래. 그 녀석, 제법 괜찮아. 싹수가 있어. 겉만 보면 멍청이 같지만, 속은 의외로 제대로 됐다고. 그렇게 나쁘지 않아."

"가오루 씨는 그 사람이랑 어떤 관계세요?"

가오루는 입술을 다물고 일그러뜨린다. "그에 관해선 꽤 재미있는 이야기가 있지만, 뭐, 내가 주절거리는 것보단 본인한테 직접 듣는 게 나을 거야."

가오루는 술값을 낸다.

"집에 안 들어왔다고 야단맞지 않겠어?"

"친구 집에 자러 간 걸로 돼 있어요. 저희 부모님, 제가 뭘 해도 별로 신경 안 쓰세요."

"야무진 애니까 내버려둬도 괜찮을 거라고 생각하시는 거야."

마리는 그에 관해 아무 말도 하지 않는다.

"그렇지만 사실 안 그럴 때도 있단 말이지."

마리는 살짝 얼굴을 찡그린다. "왜 그렇게 생각해요?"

"생각하고 뭐고 그런 문제가 아냐. 열아홉 살이란 건 원래 그런 거라고. 나도 어쨌거나 열아홉 살 때가 있었으니 그쯤은 알아."

마리는 가오루를 본다. 뭐라 말하려다가 잘 표현할 수 없을 것 같아서 생각을 바꾼다.

"이 근처에 '스카이락'이 있으니까 거기까지 데려다줄게." 가오루는 말한다. "거기 점장이 내 친구니까 아침까지 있게 해달라고 부탁해주지. 그럼 되겠어?"

마리는 고개를 끄덕인다. 레코드가 끝나고 자동으로 바늘이 올라가 톤 암이 암 레스트로 돌아간다. 바텐더가 오디오로 다가가 레코드를 바꾼다. 느린 동작으로 레코드를 들어 재킷에 넣는다. 새 레코드를 꺼내 불빛 아래 반면盤面을 점검하고 턴테이블에 올려놓는다. 버튼을 누르자 바늘이 반면에 내려앉는다. 희미한 스크래치노이즈. 이어서 듀크 엘링턴의 〈소피스티케이티드 레이디〉가 흘러나온다. 해리 카니의 나른한 베이스 클라리넷 솔로. 바텐더의 여유 있는 움직임이 이곳에 독특한 시간의 흐름을 부여한다.

마리는 바텐더에게 묻는다. "엘피 레코드만 트세요?"

"시디는 좋아하지 않아서." 바텐더는 대답한다.

"왜요?"

"너무 번쩍거려."

"댁이 무슨 까마귀야?" 가오루가 놀린다.

"하지만 엘피는 번거롭지 않나요? 바꿔 걸 때." 마리는 말한다.

바텐더는 웃는다. "이렇게 밤늦은 시간이잖아. 어차피 아침까지 전철이 없다고. 서둘러 봤자 의미가 없지."

"이 아저씨가 원래 괴팍해." 가오루는 말한다.

"한밤중엔 한밤중의 시간의 흐름이 있단 말이지." 바텐더는 말한다. 소리내서 종이성냥을 그어 담뱃불을 붙인다. "그걸 거역해봤자 소용없어."

"저희 삼촌도 레코드가 아주 많았어요." 마리는 말한다. "시디 소리는 영 좋아지지 않는다고요. 대부분이 재즈였죠. 놀러가면 종종 틀어주시곤 했어요. 아직 어렸으니까 음악은 잘 몰랐지만, 낡은 재킷 냄새라든지 바늘을 올려놓을 때 나는 직직 소리가 좋았어요."

바텐더는 아무 말도 하지 않고 고개를 끄덕인다.

"장 뤽 고다르의 영화를 가르쳐준 것도 삼촌이었어요." 마리는 가오루에게 말한다.

"삼촌하고는 마음이 맞았구나?" 가오루는 묻는다.

"비교적요." 마리는 말한다. "대학에서 가르쳤는데, 어쩐지 약간 한량 같은 구석이 있었거든요. 그런데 삼 년 전 심장병으로 갑자기 돌아가시는 바람에."

"원한다면 또 놀러와. 일요일 외엔 7시에 문 여니까." 바텐더는 말한다.

"고맙습니다." 마리는 말한다.

마리는 카운터에 놓여 있던 바의 종이성냥을 집어 점퍼 주머니에 넣는다. 그리고 스툴에서 내려온다. 홈을 따라가는 레코드 바늘. 나른하고 관능적인 엘링턴의 음악. 한밤중의 음악이다.

AM 01:56

'스카이락.' 커다란 네온 간판. 유리창 안으로 보이는 환한 홀. 큰 테이블에서는 대학생인 듯한 젊은 남녀 그룹이 요란하게 웃고 있다. 조금 전 '데니스'에 비해 이쪽은 꽤나 시끌시끌하다. 한밤중 거리의 깊은 어둠도 여기까지는 들어오지 못한다.

'스카이락' 화장실에서 마리가 손을 씻고 있다. 지금은 모자도 쓰지 않았다. 안경도 쓰지 않았다. 천장의 스피커에서 펫 숍 보이스의 예전 히트곡이 작은 음량으로 흘러나오고 있다. 〈젤러시〉. 큼직한 숄더백이 세면대 옆에 놓여 있다. 그녀는 화장실에 비치된 액상비누를 써서 손을 꼼꼼히 씻고 있다. 손가락과 손가락 사이에 들러붙은, 점착성이 있는 뭔가를 씻어내려는 것처럼 보이기도 한다. 이따금 눈을 들어 거울에 비친 자신의 얼굴을 본다. 수돗물을 잠그고 불빛 아래 열 손가락을 점검한 다음 페이퍼타월로 박박 문질러 닦는다. 그뒤 거울에 얼굴을 가까이 댄다. 무슨 일이 일어날 것을 예기하는 듯한 눈으로 거울에 비친 자신의 얼굴을 바라본다. 그곳에 있는 그 어떤 작은 변화도 놓치지 않겠다는 듯. 하지만 아무 일도 일어나지 않는다. 그녀는 세면대에 두 손을 짚은 자세로 눈을 감고 숫자를 세다가 눈을 뜬다. 또다시 자신의 얼굴을 세밀히 점검한다. 하지만 역시 아무런 변화도 없다.

그녀는 손으로 간단히 앞머리를 매만진다. 야구점퍼 안에 입은 티의 후드를 바로잡는다. 그리고 자신을 고무하듯 입술을 깨물고 몇 번 가볍게 고개를 끄덕인다. 그에 맞춰 거울 속의 그녀도 입술을 깨물고 몇 번 가볍게 고개를 끄덕인다. 그녀는 숄더백을 어깨에 메고 화장실을 나선다. 문이 닫힌다.

우리의 시점 역할을 하는 카메라는 그뒤로도 얼마 동안 화장실에 머무르며 내부를 비춘다. 마리는 이미 그곳에 없다. 아무도 없다. 천장의 스피커에서 음악이 흘러나올 뿐. 지금은 홀 앤 오츠의 곡이다. 〈아이 캔트 고 포 댓〉. 하지만 자세히 보니 세면대 거울에 아직 마리가 비춰져 있다. 거울 속 마리는 저쪽에서 이쪽을 보고 있다. 진지한 눈으로 뭔가가 일어나기를 기다리듯. 하지만 이쪽에는 아무도 없다. 그녀의 이미지만 '스카이락' 화장실 거울 속에 남아 있다.

주위가 어슴푸레해진다. 깊어가는 어둠 속에 〈아이 캔트 고 포 댓〉이 흐른다.

6

AM 02:19

호텔 '알파빌' 사무실. 가오루가 언짢은 표정으로 컴퓨터 앞에 앉아 있다. 엘시디 모니터에는 입구의 시시티브이에 찍힌 영상이 떠 있다. 선명한 영상이다. 화면 구석에 시각이 표시되어 있다. 가오루는 종이에 메모한 숫자와 영상에 표시된 시각을 비교하며 마우스를 써서 화면을 빨리 돌렸다가 정지했다가 한다. 조작은 순조롭다고 할 수 없는 것 같다. 가끔 천장을 우러르며 한숨을 쉰다.

고무기와 고오로기가 사무실로 들어온다.

"가오루 씨, 뭐 하세요?" 고무기가 묻는다.

"되게 심각한 표정으로." 고오로기가 말한다.

애 프 터
다 크

"시시티브이 디브이디." 가오루는 화면에서 시선을 떼지 않은 채 대답한다. "대략 비슷한 시간을 체크하면 어떤 놈이 그 애를 팼는지 알 수 있을 테지."

"하지만 그 시간대에 드나든 손님이 적지 않았는데요. 그런 짓을 한 게 누군지 가릴 수 있으려고요?" 고무기는 말한다.

가오루는 굵은 손가락으로 서툴게 키보드를 달칵달칵 친다. "다른 손님은 모두 남녀가 함께 호텔에 들어왔어. 그런데 그 녀석은 먼저 와 방에서 여자를 기다렸단 말이지. 남자가 입구에서 404호실 열쇠를 받은 건 10시 52분이야. 그건 확실해. 여자가 오토바이로 배달된 건 그러고 나서 십 분쯤 뒤였다고 프런트의 사사키 씨가 말하고."

"그럼 10시 52분경의 영상만 빼내면 되겠네요." 고무기는 말한다.

"그런데 그게 그렇게 간단치 않거든." 가오루는 말한다. "난 이런 디지털 어쩌고 하는 기계하고 영 안 친해서."

"주먹으로 해결 안 되니까 말이죠." 고무기는 말한다.

"바로 그거야."

"가오루 씨, 시대를 약간 잘못 태어난 것 같아요." 고오로기가 정색하고 말한다.

"한 이천 년쯤." 이쪽은 고무기.

"그거 말 된다." 고오로기가 동의한다.

"그런 식으로 단칼에 쳐내지 말아달라고." 가오루는 말한다. "그러는 너희도 이런 거 안 되잖아?"

"안 되죠." 두 사람은 한 목소리로 대답한다.

가오루는 검색 창에 시각을 입력한다. 클릭해서 화면을 불러내려는데 영 말을 듣지 않는다. 조작 순서가 틀린 모양이다. 혀를 찬다. 설명서를 집어 대충 훑어봐도 무슨 말인지 이해되지 않아 단념하고 책상에 털썩 놓는다.

"아, 진짜, 왜 안 되는 거냐고. 이럼 나와야 하는데 안 나와. 다카하시가 있으면 이런 거 한 방에 해결해줄 텐데."

"그렇지만 가오루 씨, 그 남자 얼굴을 알아낸들 그래서 어쩌시려고요? 경찰에 신고할 건 아니잖아요?" 고무기가 말한다.

"자랑은 아니지만 난 경찰 쪽은 되도록 가까이하지 않고 싶지 않은 사람이야."

"그럼 어쩌실 건데요?"

"그건 나중에 차차 생각할 거야." 가오루는 말한다. "어쨌거나 난 성격상 이런 악질적인 녀석을 가만둘 순 없다고. 남의 약점을 이용해서 여자를 두들겨 패고 가진 거 죄다 빼앗아간 데다 호텔 방값까지 떼어먹다니. 그놈은 쓰레기야."

"불알이 썩어빠진 그런 사이코 새끼는 붙들어다 반죽음을 만들어놔야죠." 고오로기는 말한다.

가오루는 크게 고개를 끄덕인다. "나도 바라는 바이지만, 아무리 그래도 이 호텔에 다시 얼굴을 보일 만큼 멍청한 짓은 안 할 거야. 적어도 당분간은. 그렇다고 여기저기 찾아다닐 만큼 이쪽도 한가하진 않고."

"그럼 어쩌는데요?" 고무기는 말한다.

"나중에 생각한다니까."

가오루가 자포자기하다시피 어느 아이콘을 냅다 후려치듯 더블 클릭하자, 이윽고 10시 48분의 화면이 모니터에 나타난다.

"됐다."

고무기. "굉장한데요. 하면 된다고 할지."

고오로기. "컴퓨터도 쫀 게 틀림없어요."

세 사람은 말없이 숨죽이고 화면을 보고 있다. 10시 50분에 젊은 남녀 커플이 들어온다. 학생 같다. 둘 다 보기만 해도 알 수 있을 만큼 긴장했다. 객실 사진 패널 앞에서 이것저것 망설이다가 302호실 버튼을 눌러 열쇠를 받고 엘리베이터로 향한다. 엘리베이터가 어디 있는지 몰라 우왕좌왕한다.

가오루. "이게 302호실 손님이야."

고무기. "302호실이라. 저 사람들, 저렇게 순박해 보이지만 되게 격렬했다고요. 치우러 들어갔더니 얼마나 난장판을 만들어놨던지."

고오로기. "젊은 애들인데 난장판을 만들면 뭐 어때? 그러려고 돈 주고 여기 오는 건데."

고무기. "나도 이래봬도 아직 젊은데 요새 난장판 방면으로 완전 감감무소식인걸."

고오로기. "그건 의욕이 부족해서 그래, 고무기."

고무기. "의욕일까요, 진짜?"

가오루. "야, 슬슬 404호 손님 나타날 때 됐으니까 쓸데없는 소리 말고 잘 봐."

화면 안에 남자가 나타난다. 시각은 10시 52분이다.

남자는 옅은 회색 트렌치코트를 입었다. 나이는 삼십대 후반, 마흔에 가까울지도 모른다. 넥타이를 매고 구두를 신은 게 직장인 같다. 금속성 테의 알이 조그만 안경을 썼다. 가방 등은 들지 않았고 두 손을 주머니에 넣었다. 키도, 체형도, 머리모양도 지극히 평범하다. 길에서 마주쳐도 인상에 남지 않을 타입이다.

"어째 굉장히 평범한 녀석인데요." 고무기는 말한다.

"평범한 녀석이 제일 무서운 거야." 가오루가 턱을 문지르며 말한다. "스트레스를 받으니까."

남자는 손목시계에 눈길을 주어 시간을 확인하고 서슴없이 404호실 열쇠를 받는다. 그리고 빠른 발걸음으로 엘리베이터로 향한다. 남자의 모습이 카메라의 시야에서 사라진다. 가오루는 영상을 일시

정지한다.

가오루는 두 사람에게 질문한다. "그래서 이거 보고 뭐 알아낸 게 있어?"

"직장인 같은데요." 고무기는 말한다.

가오루는 어이없다는 듯 고무기를 보며 고개를 내젓는다. "이거 봐, 네가 말 안 해도 이 시간에 양복 입고 넥타이 맸으면 당연히 퇴근길 직장인 아냐."

"죄송해요." 고무기는 말한다.

"저, 이 녀석, 이런 일에 꽤 익숙한 것 같지 않아요?" 고오로기가 의견을 말한다. "침착하다고 할지, 망설임이 전혀 없는데요."

가오루는 동의한다. "그러게. 바로 열쇠를 받아서 엘리베이터로 곧장 간단 말이지. 최단 코스랄지, 허튼 움직임이 없어. 두리번거리지도 않고."

고무기. "다시 말하면 여기 처음 온 게 아니다?"

고오로기. "소위 단골."

가오루. "그런 것 같군. 그리고 전에도 똑같이 여자를 샀을 테고."

고무기. "중국인 여자 전문일 가능성도 있겠네요."

가오루. "그래, 그런 취향을 가진 녀석은 많으니까. 그런데 직장인이고 여기 여러 번 왔다면 이 근처 회사에 다닐 가능성이 높은데."

고무기. "그렇죠."

고오로기. "그리고 주로 밤늦게 근무하고요."

가오루는 의아한 표정으로 고오로기를 본다. "왜? 일 끝내고 어디서 한잔 걸치다가 여자 생각이 날 수도 있잖아?"

고오로기. "그건 그렇지만 이 녀석, 빈손이잖아요. 짐을 회사에 놓고 온 거예요. 집에 가는 길이면 뭔가 들고 있어야 한다고요. 가방이라든지 서류봉투라든지. 빈손으로 출퇴근하는 회사원은 없어요. 그 말은 이 녀석, 이 뒤에 회사로 돌아가서 일 더 하지 않을까 싶은 거죠."

고무기. "한밤중에 회사에서 일한다고?"

고오로기. "세상엔 새벽까지 회사에 남아서 일하는 사람이 의외로 제법 있다고요. 특히 컴퓨터 소프트웨어 관계는 그런 거 많아요. 다른 사람들이 일 끝내고 퇴근한 다음 아무도 없는 곳에서 혼자 꾸물꾸물 시스템을 만지는 거죠. 남들이 일할 때 시스템을 전부 정지시키고 작업할 순 없으니까요. 그래서 2시, 3시까지 야근하고 택시로 퇴근해요. 그런 사람은 회사에서 택시비를 주거든요."

고무기. "그렇단 말이지. 그러고 보니 이 녀석, 어째 컴퓨터 오타쿠처럼 생겼을지도. 그나저나 고오로기 씨, 어떻게 그런 걸 아는 거야?"

고오로기. "제가 이래뵤도 실은 전에 회사 다녔거든요. 제대로 된 회사에서 사무원으로 일했어요."

고무기. "진짜로?"

고오로기. "그야 회사니까 진짜로 일하죠."

고무기. "저런, 그런데 어쩌다……."

가오루가 짜증스레 끼어든다. "야, 잠깐. 지금은 딴 이야기를 하는 중이잖아. 그런 복잡한 신상 이야기는 어디 다른 데 가서 해줄래?"

고무기. "죄송해요."

가오루는 영상을 다시 10시 52분으로 돌려 이번에는 한 프레임씩 재생한다. 그리고 적당한 지점을 골라 정지 화면으로 놓고 남자의 모습이 찍힌 부분을 단계적으로 확대한다. 그리고 출력한다. 남자의 얼굴이 컬러로 꽤 크게 인쇄되어 있다.

고무기. "굉장하다."

고오로기. "이런 일이 진짜 가능하네요. 꼭 〈블레이드 러너〉 같은 걸요."

고무기. "편리하다고 할지, 생각해보면 무서운 세상인데요. 이래서야 어디 맘 놓고 러브호텔에 가겠어요?"

가오루. "그러니까 너희도 밖에서 너무 나쁜 짓은 안 하는 게 좋아. 요즘 세상엔 어디에 카메라가 있을지 모르니까."

고무기. "하늘이 알고 땅이 알고 디지털카메라가 알고."

고오로기. "그러게 말이에요. 조심해야지."

가오루는 같은 사진을 다섯 장 출력한다. 세 사람은 각자 남자의 얼굴을 유심히 바라본다.

가오루. "확대한 거라 다소 거칠긴 해도 생김새는 대충 알겠지?"

고무기. "네, 다음에 길에서 만나면 똑똑히 알아보겠어요."

가오루는 목을 뚝뚝 소리내어 돌리며 말없이 생각한다. 이윽고 뭔가 떠오른다.

"너희, 내가 나가고 나서 사무실 전화 썼어?" 가오루는 두 사람에게 묻는다.

둘은 고개를 흔든다.

고무기. "안 썼어요."

고오로기. "저도요."

가오루. "그럼 아까 중국인 아가씨가 전화를 쓴 뒤로 아무도 번호 안 눌렀다는 말이지?"

고무기. "건드리지도 않았어요."

고오로기. "손가락 하나."

가오루는 수화기를 들고 한 박자 쉬었다가 재다이얼 버튼을 누른다.

신호음이 두 번 울리더니 남자가 전화를 받는다. 빠른 말투의 중국어로 뭐라 말한다.

가오루는 말한다. "있지, 여기 호텔 '알파빌'이란 곳인데, 오늘 밤 11시쯤에 댁네 아가씨가 여기 왔다가 손님한테 두들겨 맞았잖아? 그 손님 사진이 우리한테 있는데 말이지. 시시티브이로 찍은 거. 혹시 그거 필요 없어?"

전화를 받은 상대방은 몇 초 동안 침묵한다. 그러더니 일본어로 말한다. "잠깐 기다려."

"기다리고말고요." 가오루는 말한다. "얼마든지."

수화기 저편에서 뭔가 의논하는 것 같다. 가오루는 수화기를 귀에 갖다댄 채 손가락 사이에 볼펜을 끼고 빙글빙글 돌린다. 고무기는 그사이 빗자루를 마이크 삼아서 감정을 듬뿍 담아 노래한다. "눈이 내리네에…… 당신은 오지 않네에…… 기다리고말고요오…… 얼마든지이……."

다시 남자의 목소리가 들린다. "사진, 거기 있나?"

"갓 뽑은 따끈따끈한 걸로." 가오루는 말한다.

"여기 번호를 어떻게 알았지?"

"요새 기계는 이것저것 편리한 기능이 많거든." 가오루는 말한다.

남자는 몇 초 동안 침묵한다. "십 분이면 가."

"현관 앞에서 기다리지."

전화가 끊어진다. 가오루는 얼굴을 찡그리며 수화기를 내려놓는다. 또다시 굵은 목을 뚝뚝 소리나게 돌린다. 방 안에 침묵이 흐른다. 고무기가 조심스레 입을 연다.

"저, 가오루 씨."

"왜?"

"사진, 진짜로 그 녀석들 주시게요?"

"죄 없는 여자를 두들겨패는 녀석은 용서할 수 없다고 아까 말했을 텐데. 방값을 떼어먹은 것도 열받고, 이 한천 덩어리 같은 회사원 면상도 마음에 안 들어."

고무기. "하지만 그러다 그 녀석들이 이 남자를 찾아내면 돌멩이 묶어서 도쿄 만에 풍덩 빠뜨리는 거 아니에요? 그런 일에 섣불리 얽혔다간 위험하다고요."

가오루는 찡그린 표정을 풀지 않는다. "뭐, 죽이기까지야 않겠지. 중국인들끼리 아무리 죽고 죽여도 경찰은 신경쓰지 않겠지만, 일본 사람 일반인이 살해되면 이야기가 달라. 일이 귀찮아진다고. 잡아다가 왜 잡아왔는지 가르쳐주고 기껏해야 귀 하나 베는 정도 아니겠어?"

고무기. "헉, 아프겠다."

고오로기. "어째 고흐 같네요."

고무기. "그렇지만 가오루 씨, 이런 사진 하나로 찾아낼 수 있겠어요? 어쨌거나 큰 동네잖아요."

가오루. "작정한 일은 철저하게 하는 놈들이야. 이런 일엔 워낙 집요하니 말이지. 뭣도 아닌 일반인한테 바보 취급당해놓고 가만있으면, 부리는 여자들 기강이 안 잡히고 같은 패거리 녀석들한테 체면도 살지 않아. 체면을 구기면 못 해먹는 세계라고."

가오루는 책상 위에 놓여 있던 담배를 입에 물고 성냥으로 불을 붙인다. 입술을 오므려 모니터 화면을 향해 길게 연기를 내뿜는다.

정지 화면에 확대된 남자의 얼굴.

십 분 뒤. 가오루와 고무기가 호텔 입구 근처에서 기다리고 있다. 가오루는 조금 전과 똑같이 가죽점퍼를 입고 털실모자를 푹 눌러 썼다. 고무기는 두껍고 큼직한 스웨터를 입었다. 무척 추운 것처럼 가슴 높이로 팔짱을 꽉 끼고 있다. 이윽고 아까 여자를 데리러 왔을 때와 마찬가지로 대형 오토바이를 탄 남자가 나타난다. 그는 두 사람과 조금 떨어진 곳에 오토바이를 세운다. 역시 시동은 끄지 않는다. 헬멧을 벗어 연료통 위에 놓고 오른쪽 장갑을 조심스레 벗는다. 장갑을 웃옷 주머니에 넣고 그대로 기다린다. 자신 쪽에서 움직이려 하지 않는다. 가오루는 남자에게 성큼성큼 다가가 출력한 사진 석 장을 내민다. 그리고 말한다.

"이 근처 회사 직원인 모양이야. 밤늦게 일할 때가 많고, 전에도 여기로 여자를 부른 적이 있는 것 같고. 그쪽 단골일지도."

남자는 사진을 받아 몇 초 동안 바라본다. 사진에 각별히 관심이 있는 듯 보이지는 않는다.

"그래서?" 남자는 가오루를 보며 말한다.

"뭐가?"

"왜 굳이 사진을 주는 거지?"

"혹시 필요하지 않을까 생각했는데. 필요 없어?"

남자는 그 말에 대답하지 않고 점퍼 지퍼를 내려 목에 건 서류봉투 같은 것에 반으로 접은 사진을 넣는다. 그리고 지퍼를 목까지 올린다. 그동안 그는 가오루를 꼼짝 않고 쳐다본다. 한시도 시선을 떼지 않는다.

남자는 가오루가 정보를 제공하는 대가로 무엇을 요구하는지 알아내려고 한다. 하지만 자신 쪽에서 먼저 묻지는 않는다. 자세를 흐트러뜨리지 않은 채 입을 다물고 대답이 나오기를 기다리고 있다. 가오루도 팔짱을 낀 채 냉랭한 눈으로 남자를 보고 있다. 그녀도 물러서지 않는다. 숨 막히는 눈싸움이 이어진다. 이윽고 가오루가 타이밍을 재서 헛기침을 하고 침묵을 깬다.

"저 말이야, 혹시 그 녀석 찾아내면 우리한테 알려주겠어?"

남자는 왼손으로 핸들을 쥐고 오른손을 헬멧 위에 가볍게 올려놓았다.

"혹시 이 남자를 찾아내면 그쪽한테 알려준다?" 남자는 기계적으로 복창한다.

"그래."

"그냥 알려주기만 하면 되는 건가?"

가오루는 고개를 끄덕인다. "슬쩍 귀띔만 해주면 돼. 뒷일은 별로 알고 싶지 않아."

남자는 잠시 뭔가를 생각한다. 그러더니 헬멧 꼭대기를 주먹으로 가볍게 툭툭 두 번 친다.

"찾으면 알려주지."

"기다릴게." 가오루는 말한다. "요새도 귀를 자르나?"

남자는 보일 듯 말 듯 입술을 씰그러뜨린다. "목숨은 하나밖에 없어. 귀는 두 개 있어."

"그럴지도 모르지만, 하나가 없어지면 안경을 못 쓰는데."

"불편하군." 남자는 말한다.

대화는 거기서 끝난다. 남자는 헬멧을 쓴다. 페달을 한 번 세게 차고는 방향을 돌려 가버린다.

가오루와 고무기는 길에 서서 오랫동안 아무 말도 하지 않고 오토바이가 사라진 쪽을 바라본다.

"어째 유령 같은 녀석이네요." 한참 만에 고무기가 입을 연다.

"유령이 출몰하는 시간이니까." 가오루는 말한다.

"무서운데요."

"무서워."

두 사람은 호텔 안으로 돌아간다.

사무실에 가오루 혼자 있다. 책상에 두 발을 올려놓았다. 그녀는 출력한 사진을 또다시 들어 바라본다. 클로즈업된 남자 얼굴. 가오루는 낮은 목소리로 신음하며 천장을 우러른다.

7

AM 02:43

한 남자가 컴퓨터 모니터를 보며 일하고 있다. 호텔 '알파빌'의 시시티브이에 찍힌 남자. 옅은 회색 트렌치코트를 입고 404호실 열쇠를 집은 남자. 그는 보지도 않고 키보드를 치고 있다. 속도가 무시무시하게 빠르다. 그런데도 열 손가락은 사고의 속도를 간신히 따라잡는 상황이다. 입술은 굳게 다물었다. 시종 무표정하다. 일이 잘 풀려 얼굴에 웃음이 피는 일도 없고, 잘되지 않아 낙담하지도 않는다. 와이셔츠 소매는 팔꿈치 언저리까지 걷었고, 칼라 단추를 끄르고 넥타이를 느슨하게 풀었다. 필요에 맞춰 옆에 놓인 메모지에 연필로 숫자며 기호를 적는다. 지우개가 달린 긴 은색 연필이다.

veritech라는 회사명이 쓰여 있다. 똑같은 은색 연필 여섯 자루가 펜 트레이에 질서 정연하게 놓여 있다. 길이도 거의 동일하다. 연필 심은 그 이상 뾰족할 수 없을 만큼 날카롭고 뾰족하다.

넓은 공간이다. 동료들이 모두 가고 난 사무실에 그는 혼자 남아 일하고 있다. 책상 위에 놓인 소형 시디플레이어에서 적절한 음량으로 바흐의 피아노곡이 흘러나오고 있다. 이보 포고렐리치가 연주하는 〈영국 모음곡〉. 사무실 전체는 어두운데 그의 책상이 있는 부분만 천장에서 형광등 불빛이 비춘다. 에드워드 호퍼가 '고독'이라는 제목으로 그릴 법한 광경이다. 하지만 본인은 그런 상황을 딱히 쓸쓸하다고 느끼지 않는다. 오히려 주위에 누가 없는 편이 고맙다. 의식의 집중을 방해받지 않고 좋아하는 음악을 들으며 작업할 수 있다. 결코 일을 싫어하지는 않는다. 일에 집중하고 있노라면 적어도 그동안은 현실의 자질구레한 일에 머리를 쓰지 않아도 된다. 또, 수고와 시간만 아끼지 않으면 문제는 어디까지나 논리적으로, 분석적으로 처리할 수 있다. 그는 거의 무의식 레벨로 음악의 흐름을 좇으며, 모니터 화면에 시선을 고정하고 포고렐리치 못지않게 빠른 속도로 손가락을 놀리고 있다. 허튼 움직임이 없다. 그곳에는 18세기의 정교한 음악과 그, 그리고 그에게 주어진 기술적 문제가 존재할 뿐이다.

다만 오른손 손등의 통증이 가끔 신경쓰이는지, 적당한 지점에 이르면 작업을 중단하고 오른손을 몇 번씩 쥐었다 폈다 하고 손목을 돌린다. 왼손으로 오른손 손등을 마사지한다. 크게 숨을 쉬고 손목시계를 본다. 아주 살짝 얼굴을 찡그린다. 오른손의 아픔 탓에 평소에 비해 일 처리가 다소 지체된다.

복장은 청결하고 깔끔하다. 개성적이지도 않고 세련된 것도 아니지만, 몸에 지니는 물건에 나름대로 신경썼다. 취향도 나쁘지 않다. 셔츠와 넥타이 모두 비싸 보인다. 아마 고급 브랜드일 것이다. 이목구비에 지적인 인상이 있고, 가정환경도 나쁘지 않을 듯하다. 왼손 손목에 찬 시계는 얇고 품위가 있다. 안경은 아르마니풍이다. 손은 크고 손가락은 길다. 손톱은 깨끗이 손질했고 약지에 가느다란 결혼반지를 꼈다. 외모는 이렇다 할 특징이 없지만, 표정의 세부에서 강한 의지가 엿보인다. 아마도 마흔 살 전후. 최소한 얼굴 주위에는 늘어진 살이 전혀 없다. 잘 정돈된 방 같은 인상을 주는 생김새다. 러브호텔에서 중국인 창부를 살 남자 같지 않다. 하물며 상대방을 부당하게 구타하고 옷가지를 빼앗아 갈 타입으로는 보이지 않는다. 하지만 실제로 그는 그렇게 했거니와, **그러지 않을 수 없었다.**

전화벨이 울리는데 그는 받지 않는다. 표정 하나 달라지지 않고 똑같은 속도로 작업을 계속한다. 벨이 울리도록 내버려둔다. 시선도 흔들림이 없다. 벨이 네 번 울린 뒤 자동응답 메시지로 넘어간다.

"시라카와입니다. 지금은 전화를 받을 수 없으니 용건이 있으신

분은 신호음이 울린 뒤 메시지를 남겨주세요.”

신호음.

“여보세요.” 여자 목소리가 말한다. 낮고 불분명한 목소리. 다소 졸린 듯하다. “난데, 혹시 거기 있으면 통화할 수 있어?”

시라카와는 모니터 화면을 노려본 채 근처에 있던 리모컨으로 음악을 일시정지하고 전화 회선을 연결한다. 전화기는 수화기를 들지 않고 통화할 수 있도록 설정되어 있다.

“여기 있어.” 시라카와는 말한다.

“아까 전화했더니 없길래 혹시 오늘은 일찍 오나 했는데.” 여자가 말한다.

“아까라니 몇 시쯤?”

“11시 좀 넘어서. 메시지를 남겼는데.”

시라카와는 전화기에 시선을 준다. 아닌 게 아니라 메시지 램프가 빨갛게 깜박이고 있다.

“미안해, 몰랐어. 집중해서 일하느라.” 시라카와는 말한다. “11시 지나서란 말이지. 그땐 야식을 사러 밖에 나갔었어. 그랬다가 스타벅스에 들러서 마키아토를 마셨지. 당신은 지금까지 안 잔 거야?”

시라카와는 통화를 하면서도 두 손으로 계속해서 키보드를 치고 있다.

“11시 반에 자긴 했는데 기분 나쁜 꿈을 꾸는 바람에 방금 깼어.

애프터
다크

그런데 당신이 아직 안 왔길래. ……오늘은 뭐였어?"

시라카와는 질문의 취지를 모르겠다. 키보드를 치던 것을 그치고 전화기를 본다. 눈꼬리의 주름이 순간 깊어진다. "**뭐였냐니**?"

"야식으로 뭘 먹었느냐고."

"아아, 중국음식. 늘 똑같아. 속이 든든하니까."

"맛있었어?"

"아니…… 그렇지도 않았어."

그는 시선을 컴퓨터 화면으로 되돌리고 다시 키보드를 두드리기 시작한다.

"일은?"

"사태가 꽤 복잡해. 골치 아픈 러프rough에 공을 넣은 녀석이 있어. 아침까지 누가 복구해놓지 않으면 오전 중에 해야 할 인터넷 화상회의를 할 수 없어."

"그 **누구**가 또 당신이고?"

"그렇지." 시라카와는 말한다. "뒤를 돌아봐도 아무도 없으니 말이야."

"아침까지 고쳐지겠어?"

"그야 물론이지. 난 일류 프로니까 안 되는 날에도 스코어를 그럭저럭 파par로 맞출 수 있어. 게다가 내일 아침 화상회의를 못 하면 마이크로소프트를 매수하는 이야기가 중지될지도 모르고……"

"마이크로소프트를 매수해?"

"농담이야." 시라카와는 말한다. "그렇지만 앞으로 한 시간은 더 걸릴 것 같아. 그러고 나서 택시 불러 집에 가면 한 4시 반쯤 될 거야."

"그때면 난 잘 텐데. 6시 반에 일어나서 애들 도시락 싸줘야 하니까."

"당신이 일어날 즈음엔 내가 숙면하는 중일 거야."

"당신이 일어날 즈음엔 난 회사에서 점심 먹는 중일 테지."

"당신이 집에 올 즈음 난 본격적으로 일을 시작하고."

"그렇게 또 엇갈리겠네."

"다음 주면 좀더 정상적인 시간대에 집에 갈 수 있을 거야. 직원도 돌아올 테고, 새 시스템도 안정될 테고."

"정말?"

"아마." 시라카와는 말한다.

"내가 잘못 생각하는 게 아니면 한 달 전에도 그거랑 똑같은 발언을 들은 기억이 있는데."

"실은 복사해서 붙이고 클릭했어."

아내는 한숨을 쉰다. "그렇게 되면 좋겠는데. 가끔은 같이 식사하고 같은 시간에 자고 싶어."

"그래."

애프터
다크

"너무 무리는 하지 말고."

"괜찮아. 평소처럼 마지막 퍼트를 아름답게 홀에 넣어서 박수받고, 그리고 집에 갈게."

"그럼."

"응."

"아, 잠깐."

"왜?"

"일류 프로한데 이런 걸 부탁하긴 미안하지만, 오는 길에 편의점에 들러서 우유 사오면 안 될까? 혹시 있으면 다카나시 저지방으로. 없으면 아니어도 되고."

"알았어. 그쯤이야 뭘. 다카나시 저지방 하나."

시라카와는 전화기 스위치를 끈다. 손목시계를 보며 시간을 확인한다. 테이블 위 머그잔을 들어 마시다 남은 식은 커피를 한 모금 마신다. 머그잔에는 'intel inside'라는 로고가 있다. 그는 시디플레이어 스위치를 눌러 음악을 틀고 바흐의 음악에 맞춰 오른손 주먹을 쥐었다가 폈다가 한다. 심호흡을 해서 폐 속의 공기를 새로이 교체한다. 그리고 머리의 연결 회로를 전환해 중단했던 일을 다시 시작한다. 어떻게 하면 A 지점에서 B 지점까지 정합적으로 최단 거리로 이을 수 있는지, 그것이 또다시 최우선 사항이 된다.

편의점 안. 다카나시 저지방 우유팩이 냉장 쇼케이스 안에 놓여 있다. 다카하시가 〈파이브 스폿 애프터 다크〉의 테마곡을 가볍게 휘파람 불며 우유를 고르고 있다. 짐은 없다. 손을 뻗어 다카나시 저지방 우유를 집었다가, 저지방이라는 것을 깨닫고 얼굴을 찡그린다. 그에게 그것은 도덕의 근간에 관련되는 문제다. 단순히 우유에 지방분이 많으냐 적으냐 하는 이야기가 아니다. 저지방 우유를 원래 자리에 되돌려놓고 옆에 있던 보통 우유를 집는다. 권장 소비 기한을 확인하고 바구니에 넣는다.

이어서 과일 코너로 이동해 사과를 집는다. 조명 아래 여러 각도에서 사과를 점검한다. 어쩐지 약간 미흡하다. 있던 자리에 돌려놓고 다른 사과를 집어 또 꼼꼼히 살펴본다. 그렇게 몇 번 반복해서 그럭저럭 용납할 수 있는 것으로—결코 납득한 것은 아니지만—하나 고른다. 그에게 우유와 사과는 특별한 의미를 지니는 음식물인 모양이다. 계산대로 가다가 비닐 팩에 든 생선 완자를 발견하고 하나 집는다. 봉지 구석에 찍힌 권장 소비 기한을 체크한 뒤 바구니에 넣는다. 계산대에서 돈을 내고 거스름돈으로 받은 동전을 바지 주머니에 대충 쑤셔넣은 다음 밖으로 나온다.

근처 가드레일에 걸터앉아 재킷 밑자락으로 사과를 잘 닦는다. 기온이 내려갔는지 내뱉는 숨이 살짝 허옇다. 우유를 거의 단번에 꿀꺽꿀꺽 다 마시고 나서 사과를 먹는다. 뭔가를 생각하며 한 입씩

꼭꼭 씹어먹다 보니 다 먹는 데 시간이 걸린다. 사과를 다 먹고 나서 구깃구깃한 손수건으로 입을 닦고 우유팩과 사과 속을 비닐봉지에 넣어, 편의점 앞 쓰레기통으로 들고 가서 버린다. 생선 완자를 코트 주머니에 넣는다. 주황색 스와치로 시간을 확인한 뒤 두 팔을 쭉 뻗어 크게 기지개를 켠다.

그러고는 어딘가를 향해 걷기 시작한다.

8

AM 03:03

우리 시점은 아사이 에리의 방으로 돌아와 있다. 실내를 둘러보기로 조금 전과 달라진 점은 전혀 없다. 시간이 경과한 만큼 밤이 깊어졌을 뿐이다. 침묵이 한층 무거워졌을 뿐이다.

─아니, 아니다. 그렇지 않다. 뭔가가 변했다. 이 방의 뭔가가 전과 **크게** 다르다.

차이는 바로 알 수 있다. 침대에 아무도 없다. 침대에 아사이 에리가 보이지 않는다. 이불이 흐트러지지 않은 것을 보면 우리가 없는 사이 그녀가 잠에서 깨어나 일어나서 어디로 간 것도 아닌 것 같다. 침대는 깔끔하게 정돈된 상태다. 방금 전까지 에리가 그곳에서 잤다는 흔적이 조금도 없다. 기묘하다. 대체 무슨 일이 있었을까?

주위를 둘러본다.

텔레비전은 여전히 켜져 있다. 조금 전과 똑같은 방 풍경을 비추고 있다. 가구가 없는 넓은 빈방. 개성이 없는 형광등과 리놀륨 바닥. 하지만 화면은 이제 몰라볼 정도로 안정되어 있다. 잡음도 들리지 않거니와, 영상의 윤곽이 선명하고 번짐도 없다. 회선은 어딘가와─그게 어디든 간에─ 확고부동하게 연결되어 있다. 보름달 달빛이 인적 없는 초원에 쏟아지듯, 밝은 텔레비전 화면이 방 안을 비춘다. 방에 있는 사물은 많든 적든 무엇 하나 빠짐없이 텔레비전이 발하는 자력의 영향 아래 놓여 있다.

텔레비전 화면. 얼굴 없는 남자가 아까와 같은 의자에 앉아 있다. 갈색 양복, 검정 구두, 흰 먼지, 얼굴에 밀착된 광택나는 가면. 자세도 전에 봤을 때와 똑같다. 허리를 똑바로 펴고, 두 손을 무릎에 얹고, 고개를 살짝 수그린 채 앞쪽에 있는 뭔가를 유심히 보고 있다. 두 눈은 가면으로 가려져 있다. 하지만 그가 뭔가를 응시한다는 것은 눈치로 알겠다. 대체 무엇을 그렇게 열심히 보는 걸까? 텔레비전 카메라는 우리 생각에 응답하듯 남자의 시선을 따라 이동한다. 시선 끝에는 침대 하나가 놓여 있다. 간소한 나무 싱글 침대─아사이 에리가 잠들어 있다.

우리는 이쪽 방에 놓여 있는 빈 침대와 텔레비전 화면에 비친 침대를 번갈아본다. 세부를 하나하나 비교해본다. 아무리 봐도 동일한 침대다. 침대 커버도 똑같다. 그런데 한 침대는 텔레비전 화면 속에 있고, 또 하나는 이쪽 방에 있다. 그리고 텔레비전 속에 있는 침대에서 아사이 에리가 자고 있다.

우리는 아마 저쪽이 진짜 침대일 것이라고 추측한다. 진짜 침대는 잠시 눈을 뗀 사이에(우리가 이쪽 방을 떠난 뒤로 두 시간 이상 경과했다) 에리와 더불어 저쪽으로 운반된 것이다. 이쪽에는 다른 침대가 대신 남아 있을 뿐이다. 아마도 그곳에 존재할 허무의 공간을 메우기 위한 **표시**로서.

에리는 다른 세계의 침대에서 이 방에 있었을 때와 마찬가지로 깊이 잠들어 있다. 똑같이 아름답게, 똑같이 농밀하게. 그녀는 자신이(아니면 '자신의 육체가'라고 해야 할까) 누군가에 의해 텔레비전 화면 속으로 운반되었다는 것을 모른다. 천장에 늘어선 눈부신 형광등 불빛도 잠의 해구 저 밑바닥까지 비쳐들지 못한다.

얼굴 없는 남자는 형태가 감추어진 눈으로 장막 뒤에서 에리를 지켜보고 있다. 형태가 감추어진 귀로 주의를 게을리하지 않고 소리를 듣는다. 에리도, 얼굴 없는 남자도, 한결같이 똑같은 자세를 유지한다. 두 사람은 의태하는 동물처럼 호흡을 줄이고, 체온을 낮추고, 침묵을 지키고, 근육을 달래며, 의식의 출구를 빈틈없이 막는다. 우리가 보는 것은 언뜻 보면 정지 화면 같지만 실제로는 다르다. 실

애프터
다크

시간으로 송신되는 살아 있는 영상이다. 이쪽 방에서나 저쪽 방에서나 시간은 똑같이 균일하게 경과하고 있다. 양자는 동일한 시간성 속에 있다. 얼굴 없는 남자의 어깨가 이따금 완만히 오르내리는 것으로 그것을 알 수 있다. 각각의 의도가 어디에 있든, 우리는 똑같은 속도로 시간의 하류를 향해 실려가고 있다.

9

RM 03:07

'스카이락' 안. 손님은 아까보다 줄었다. 소란스럽던 학생 그룹은 이제 없다. 마리는 창가 자리에 앉아 역시 책을 읽고 있다. 안경은 쓰지 않았다. 모자는 테이블 위에 있다. 가방과 야구점퍼는 옆자리에 놓았다. 테이블에는 샌드위치 접시와 허브티 잔. 샌드위치는 절반이 남아 있다.

다카하시가 들어온다. 아무것도 들지 않았다. 그는 홀을 둘러보더니 마리를 발견하고 곧바로 그녀에게 다가온다.

"안녕." 다카하시가 말을 건다.

얼굴을 든 마리는 다카하시를 보고 가볍게 고개를 끄덕인다. 아

애프터
다크

무 말도 하지 않는다.

"방해가 안 되면 여기 잠깐 앉아도 될까?"

"그래." 마리는 중립적인 목소리로 말한다.

다카하시는 맞은편 자리에 앉는다. 코트를 벗고 스웨터 소매를 걷는다. 웨이트리스가 와서 주문을 받는다. 그는 커피를 시킨다.

다카하시는 손목시계를 본다. "새벽 3시. 지금이 제일 어둡고 힘들 때지. 어때, 안 졸려?"

"별로." 마리는 말한다.

"난 어젯밤부터 잠을 못 잤지 뭐야. 어려운 리포트를 쓰느라."

마리는 아무 말도 하지 않는다.

"가오루 씨한테 네가 여기 있을 거라고 들었어."

마리는 고개를 끄덕인다.

다카하시는 말한다. "아까 미안했어. 중국인 애. 연습하는데 가오루 씨한테서 휴대전화로 연락이 와서 누구 중국어 할 줄 아는 사람 없느냐고 묻는데, 그런 사람이 있겠느냐는 말이지. 그러다가 네 생각이 나더라고. 그래서 데니스에 가면 이러이러하게 생긴 아사이 마리란 여자애가 있는데, 중국어 엄청 잘한다고 가르쳐준 거야. 번거롭게 한 건 아닌지 모르겠네."

마리는 손가락으로 안경 자국을 문지른다. "상관없어."

"가오루 씨가 덕분에 도움이 많이 됐다고 하더라. 고마워했어. 네가 꽤 마음에 든 것 같던데."

마리는 화제를 바꾼다. "연습은 끝났어?"

"휴식 중." 다카하시는 말한다. "뜨거운 커피 마시고 잠도 깨고, 좌우지간 너한테 고맙다는 말을 하고 싶어서. 방해한 게 아닐까 마음에 걸렸거든."

"뭘 방해한다는 거야?"

"그건 모르지." 그는 말한다. "뭐든 상관없지만, 아무튼 **뭔가**를 방해한 게 아닐까 싶어서⋯⋯."

"음악 연주하는 거 재미있어?" 마리는 질문한다.

"응. 음악을 연주하는 건 하늘을 나는 거 다음으로 재미있어."

"하늘을 날아본 적은 있고?"

다카하시는 미소 짓는다. 미소를 띤 채 뜸을 들인다. "아니, 하늘을 날아본 적은 없어." 그는 말한다. "**비유**로 하는 말이야, 어디까지나."

"프로 뮤지션이 될 거야?"

그는 고개를 내젓는다. "난 그런 재능은 없어. 음악을 하는 건 재미있지만, 그걸로 먹고살 순 없어. 어떤 걸 잘하는 것하고 어떤 걸 정말로 크리에이트하는 것 사이엔 크나큰 차이가 있단 말이지. 난 트롬본을 꽤 잘 분다고 생각해. 칭찬해주는 사람도 있고, 칭찬받으면 물론 기뻐. 하지만 그뿐이거든. 그래서 밴드는 이달 말까지만 하

112

고 음악에서 손을 뗄까 해."

"**어떤 걸 정말로 크리에이트한다**는 건 구체적으로 무슨 뜻이야?"

"그러게…… 음악을 마음속 깊이 전달하는 걸로써 자기 몸도 물리적으로 어느 정도 슥 이동하고, 그와 동시에 듣는 사람의 몸도 물리적으로 슥 이동하는, 그런 공유적인 상태를 낳는 거야. 아마도."

"어려울 것 같은걸."

"**아주** 어려워." 다카하시는 말한다. "그러니까 난 그만둘 거야. 다음 역에서 내려 열차를 갈아탈 거야."

"이제 악기는 손도 안 댄다고?"

그는 테이블에 올려놓은 두 손을 손바닥이 보이도록 뒤집었다. "그럴지도 모르지."

"취직하는 거야?"

다카하시는 또다시 고개를 내젓는다. "아니, 취직은 안 해."

"뭘 할 건데?" 마리는 잠시 침묵했다가 묻는다.

"마음잡고 법률 공부를 할 생각이야. 사법고시를 목표로."

마리는 말이 없다. 하지만 어느 정도 호기심을 느끼는 것 같다.

"시간은 걸리겠지." 그는 말한다. "어쨌거나 법학부에 적을 두고 있긴 해도, 지금까지 밴드 활동에 집중하느라 남들 다 하는 만큼밖에 안 했거든. 지금부터 마음 고쳐먹고 열심히 공부해도 쉽게 따라잡진 못할 거야. 세상이 그렇게 만만하진 않으니 말이야."

웨이트리스가 커피를 가져다준다. 다카하시는 크림을 넣고 스푼으로 달그락달그락 저어 마신다.

다카하시는 말한다. "실은 말이지, 태어나서 처음으로 뭘 **진지하게** 공부하고 싶다는 마음이 든 거야. 학교 성적은 옛날부터 나쁘지 않았거든. 특별히 좋은 건 아니지만 나쁘지는 않아. 중요한 대목에선 늘 요령 있게 핵심을 짚어서 공부했기 때문에 그런대로 점수를 딸 수 있었어. 원래 그런 거 잘하거든. 그래서 괜찮은 학교에 들어갈 수 있었고, 이대로 가면 아마 괜찮은 회사에 취직할 수 있을 거야. 그런 다음 괜찮은 결혼을 하고 괜찮은 가정을 꾸리고…… 할 거 아냐? 그런데 갑자기 싫어졌지 뭐야."

"왜?" 마리는 묻는다.

"내가 왜 갑자기 마음잡고 공부할 생각을 했느냐는 말?"

"응."

다카하시는 커피 잔을 두 손으로 든 채 눈을 가늘게 뜨고 그녀를 본다. 창틈으로 방 안을 엿보듯이. "그거 진짜로 답을 알고 싶어서 묻는 거야?"

"그럼 물론이지. 보통 답을 알고 싶으니까 질문하는 거잖아?"

"이론상으로는 그렇지. 그렇지만 개중엔 그냥 의례적으로 질문하는 사람도 있거든."

"나 잘 이해가 안 되는데. 내가 왜 너한테 의례적으로 질문해야 하는데?"

"그건 그러네." 다카하시는 잠시 생각하더니 커피 잔을 받침에 돌려놓는다. 달그락 하고 메마른 소리가 난다. "설명으로 긴 버전하고 짧은 버전이 있는데, 어느 쪽이 좋아?"

"중간."

"알았어. 그럼 미디엄 사이즈의 답으로."

다카하시는 머릿속으로 재빨리 할 말을 정리한다.

"올해 4월부터 6월까지 법원에 몇 번 갔었어. 가스미가세키에 있는 도쿄 지방법원. 거기서 재판 몇 개를 방청하고 그에 관해 리포트를 쓰는 게 세미나 과제였거든. 음, 넌 법원에 가본 적 있어?"

마리는 고개를 흔든다.

다카하시는 말한다. "법원은 멀티플렉스 영화관이랑 비슷해. 그날 있는 심리審理랑 개시 시각이 프로그램 편성표처럼 입구 게시판에 붙어 있고, 그중에서 관심을 가질 만한 걸 골라 거기 가서 방청하는 거야. 누구나 자유롭게 들어갈 수 있어. 단 카메라와 녹음기는 못 갖고 들어가. 음식물도 안 되고. 떠드는 것도 금지돼. 자리도 좁고, 졸면 법정 경위한테 주의를 받기도 해. 하지만 어쨌거나 무료로 입장하는 거니까 불평할 순 없어."

다카하시는 잠시 뜸을 들인다.

"난 주로 형사사건 재판을 방청했어. 폭행 상해라든지 방화, 강도 살인. 나쁜 놈이 나쁜 짓을 하고 붙들려서 재판을 받는다. 벌을 받는다. 그런 게 알기 쉽고 분명하니까. 경제사범이라든지 사상범이면 사건의 배경이 개입하거든. 선악의 구별이 쉽지 않아지고, 그렇게 되면 이야기가 귀찮아져. 나로선 얼른 리포트를 쓰고 괜찮게 학점을 받아서, 그걸로 끝낼 생각이었어. 초등학교 때 여름방학 숙제로 썼던 나팔꽃 관찰일기랑 똑같아."

다카하시는 말을 멈추고 테이블에 놓인 자신의 손바닥을 바라본다.

"그런데 법원에 몇 번 드나들면서 재판을 방청하다 보니까, 재판을 받는 사건하고 그 일에 얽힌 사람들한테 이상하게 관심이 생기더라고. 아니, 그보다 점점 남 일이 아닌 것처럼 느껴졌어. 기분이 참 묘하더라. 그렇잖아? 거기서 재판을 받는 건 아무리 생각해도 나랑 다른 종류의 사람들이라고. 나랑 다른 세계에 살면서 다른 방식으로 사고하고, 나랑 다른 행동을 하는 사람들이야. 그 사람들이 사는 세계하고 내가 사는 세계 사이엔 튼튼하고 높다란 벽이 있어. 처음엔 그렇게 생각했어. 그렇잖아? 내가 흉악 범죄를 저지를 가능성은 없는걸. 난 평화주의자고, 성격은 온후하고, 어렸을 때부터 누구한테 주먹을 휘둘러본 적도 없어. 그렇기 때문에 순전한 구경꾼의 입장에서 재판을 볼 수 있었어. 강 건너 불구경 하듯이."

그는 얼굴을 들고 마리를 본다. 그리고 표현을 골라 말한다.

"하지만 법원에 드나들면서 관계자의 증언을 듣고, 검사의 논고와 변호사의 변론을 듣고, 본인의 진술을 듣다 보니까 어쩐지 자신이 없어졌어. 말하자면 이런 식으로 생각하게 된 거야. 두 세계를 가르는 벽은 사실 존재하지 않을지도 모른다고 말이야. 있어도 종이로 만든 얄팍한 벽일지도 모른다. 몸을 가볍게 기댄 순간 쑥 빠져서 저쪽으로 쓰러질지도 모른다. 아니, 우리 자신 안에 **저쪽**이 벌써 몰래 숨어들어와 있는데 모르는 것뿐일지도 모른다. 그런 생각이 들더라고. 말로 설명하려니까 쉽지 않지만."

다카하시는 커피 잔 테두리를 따라 손가락으로 원을 그린다.

"그런 식으로 생각하게 되고 나니까 온갖 게 그전하고 다르게 보이더라. 재판이란 제도 자체가 내 눈에 하나의 특수한, 기이한 생물로 보이게 됐어."

"기이한 생물?"

"예를 들자면, 그래, 문어 같은 거야. 바닷속 깊은 곳에 사는 거대한 문어. 강한 생명력을 지니고 긴 다리 여러 개를 꾸불꾸불 움직여서 어딘가를 향해 어두운 바닷속을 나아가. 난 재판을 방청하면서 그런 생물의 모습을 상상하지 않을 수 없었어. 그건 다양한 형태를 취해. 국가란 형태를 취할 때도 있고, 법률이란 형태를 취할 때도 있어. 더 복잡하고 성가신 형태를 취할 때도 있어. 잘라내도, 잘라내도 다리가 자꾸 생겨. 아무도 그놈을 죽이지 못해. 워낙 강한 데다,

워낙 깊은 곳에 사니까. 심장이 어디 있는지 그것도 몰라. 내가 그때 느낀 건 심한 공포였어. 그리고 아무리 멀리 도망친들 그놈한테서 벗어날 수 없다는 절망감 같은 감정하고. 그놈은 내가 나고 네가 너라는 걸 조금도 생각해주지 않아. 그놈 앞에선 모든 사람이 이름을 잃고 얼굴을 잃어. 우리는 모두 한낱 기호가 되고 말아. 한낱 번호가 되고 마는 거야."

마리는 그를 꼼짝 않고 쳐다본다.

다카하시는 커피를 한 모금 마신다. "이런 이야기, 너무 재미없지 않아?"

"잘 듣고 있어." 마리는 말한다.

다카하시는 커피 잔을 받침에 돌려놓는다. "이 년 전 일인데, 다치카와에서 방화 살인사건이 있었어. 남자가 노부부를 도끼로 죽이고 예금통장이랑 도장을 빼앗아서 증거를 인멸하려고 집에 불을 질렀거든. 바람이 세게 불던 밤이라 이웃집 네 채가 같이 탔어. 그 작자는 사형 판결을 받았어. 현재 일본의 재판 사례로 보면 당연한 판결이지. 강도 살인으로 두 명 이상 죽이면 대부분의 경우 사형 판결을 받아. 교수형. 게다가 방화까지 했으니 말이야. 도대체가 터무니없는 녀석이었어. 폭력적인 성향이 있어서 전에도 감옥살이를 몇 번 했어. 가족한테도 이미 오래전에 버림받았고, 약물중독에, 석방돼서 나올 때마다 범죄를 저질렀어. 개전의 정 같은 것도 전혀 안 보이고. 항소해봤자 백 퍼센트 기각될 거야. 변호사도 국선인 데다 처음부터 포기하고 있어. 그러니 사형 판결이 내려져도 아무도 놀라지 않아. 나도 놀라지 않았고. 재판장이 판결주문을 낭독하는 걸 듣고 메모하면서 당연한 결과라고 생각했어. 그래서 재판이 끝나고 가스미가세키 역에서 지하철 타고 집에 와서, 책상 앞에 앉아서 메모를 정리하기 시작했는데, 그러다가 갑자기 막막한 기분이 드는 거야. 뭐라고 하면 좋을까, 온 세상의 전압이 확 낮아진 것 같은 느낌이었어. 모든 게 한층 어두워지고, 한층 차가워졌어. 몸이 바들바들 떨리기 시작해서 그치질 않았어. 나중엔 슬쩍 눈물까지 나더라. 이유가 뭘까. 설명 못 하겠어. 왜 그 사람이 사형 판결을 받았다고 내가 당황해야 하는 거지? 그렇잖아, 구제 불능으로 막돼먹은 인간이었다고. 그 사람하고 난 아무런 공통점도, 연관성도 없을 텐데. 그런데 어째서 이렇게 감정이 혼란스러운 거지?"

그 의문은 의문의 형태 그대로 삼십 초쯤 방치된다. 마리는 뒷이야기를 기다리고 있다.

다카하시는 말을 잇는다. "내가 하고 싶은 말은 아마 이런 걸 거야. 한 인간이, 그게 어떤 인간이든 간에, 거대한 문어 같은 동물한테 붙들려서 어둠 속으로 빨려들어. 그건 어떤 이유를 갖다붙이든 참 가슴 먹먹한 광경인 거야."

그는 테이블 위 공간을 응시하며 숨을 크게 내쉰다.

"아무튼 그날을 경계로 이렇게 생각하게 됐어. 법률을 한번 제대로 공부해보자. 거기에 뭔가, 내가 추구해야 할 게 있을지도 모른다. 법률을 공부하는 건 음악만큼 재미있지 않을지는 몰라도, 어쩔 수 없다, 그런 게 인생이다. 그게 어른이 된다는 거다."

침묵.

"그게 미디엄 사이즈의 설명이야?" 마리는 묻는다.

다카하시는 고개를 끄덕인다. "좀 길었을지도 몰라. 다른 사람한테 이 이야기를 한 건 처음이라 사이즈가 잘 파악이 안 됐어. ……저 말이지, 남은 샌드위치, 혹시 안 먹을 거면 내가 한 쪽 먹어도 될까?"

"남은 거 참치인데."

"괜찮아. 참치 좋아해. 넌 싫어?"

"좋아해. 그렇지만 참치를 먹으면 몸에 수은이 쌓이니까."

"저런."

"수은이 몸 안에 축적되면 마흔 살 넘어서 심장발작을 일으킬 위험이 높아지거든. 머리카락도 잘 빠지고."

다카하시는 심각한 표정을 짓는다. "그럼 치킨도 안 되고, 참치도 안 된단 말이야?"

마리는 고개를 끄덕인다.

"둘 다 내가 좋아하는 건데." 그는 말한다.

"안됐네." 마리는 말한다.

"그밖에 감자샐러드도 좋아하는데, 혹시 감자샐러드에도 무슨 중대한 문제가 있으려나?"

"감자샐러드는 딱히 문제가 없을 거야." 마리는 말한다. "너무 많이 먹으면 살찐다는 것만 빼면."

"살찌는 건 상관없어. 원래 너무 말랐으니까."

다카하시는 참치샌드위치를 한 쪽 집어 맛있게 먹는다.

"그럼 사법고시에 합격할 때까지 계속 학교에 남으려고?" 마리는 질문한다.

"응, 간단한 아르바이트라도 하면서 당분간 가난하게 살겠지."

마리는 뭔가를 생각한다.

"〈러브 스토리〉 본 적 있어? 옛날 영화." 다카하시는 묻는다.

마리는 고개를 흔든다.

다카하시는 말한다. "저번에 텔레비전에서 했는데. 꽤 재미있어. 라이언 오닐은 돈 많은 명문 가문의 외동아들인데, 대학생 신분으로 가난한 이탈리아계 집 딸이랑 결혼해서 그것 때문에 집에서 쫓겨나거든. 학비 대주던 것도 못 받게 되고. 그렇지만 둘이서 가난하게 살면서 착실하게 공부해서 하버드 로스쿨을 우수한 성적으로 졸업하고 변호사가 돼."

다카하시는 거기서 한숨을 돌린다. 그리고 말을 잇는다.

"가난뱅이도 라이언 오닐이 하면 나름대로 우아하더라. 두꺼운 흰색 털실로 짠 스웨터를 입고 앨리 맥그로랑 눈싸움을 하는데, 비지엠으로 프랜시스 레이의 감상적인 음악이 흐르고 말이야. 하지만 내가 그러면 별로 폼나지 않을 것 같단 말이지. 내 경우 가난은 어디까지나 그냥 가난이야. 눈도 그렇게 타이밍 딱 맞춰서 쌓여주지 않을 테고."

마리는 아직 뭔가를 생각하고 있다.

"그래서 라이언 오닐이 고생 끝에 변호사가 돼서 어떤 일을 하느냐 하면, 그런 건 관객한테 거의 정보로 주어지지 않아. 우리가 알 수 있는 건 그 사람이 일류 법률 사무소에 취직해서 남들이 부러워하는 고소득자가 됐다는 것 정도지. 맨해튼 부자 동네에서 도어맨이 딸린 고층 아파트에 살면서 와스프들 다니는 스포츠클럽에 가입해서, 한가할 때면 여피 친구들하고 스쿼시를 치는 거야. 그냥 그것뿐."

다카하시는 물을 마신다.

"그러고 어떻게 되는데?" 마리는 묻는다.

다카하시는 잠시 위를 올려다보며 줄거리를 떠올린다. "해피엔드. 둘이서 오래도록 행복하고 건강하게 살아. 사랑의 승리지. 옛날엔 힘들었지만 지금은 모든 게 최고다 하는 느낌으로. 번쩍번쩍 광나는 재규어를 몰고, 스쿼시를 치고, 겨울이면 가끔 눈싸움을 하고. 한편, 아들을 집에서 내쫓았던 아버지는 당뇨병이랑 간경변증이랑 메니에르병으로 고생하다가 고독하게 죽어."

"잘 이해가 안 되는데, 그 이야기의 어디가 재미있다는 거야?"

다카하시는 고개를 살짝 갸웃한다. "글쎄, 어디가 재미있을까. 기억이 잘 안 나는걸. 일이 있어서 끝부분은 대충 봤거든. ……저기, 기분 전환할 겸 산책 안 할래? 조금만 가면 고양이들이 모이는 작은 공원이 있거든. 수은이 든 참치샌드위치를 가져가서 나눠주자. 나한테 생선 완자도 있어. 고양이는 좋아해?"

마리는 살짝 고개를 끄덕인다. 책을 가방에 넣고 일어선다.

두 사람은 길을 걷고 있다. 지금은 말이 없다. 다카하시는 걸으면서 휘파람을 분다. 시커먼 혼다 오토바이가 속도를 늦추고 그 옆을 지나간다. '알파빌'에 여자를 데리러 왔던 중국인 남자의 오토바이다. 머리를 포니테일로 묶은 남자. 지금은 풀페이스 헬멧을 벗고 주의 깊게 주위를 둘러보고 있다. 하지만 남자와 두 사람 사이에 접점은 없다. 낮은 엔진 소리가 두 사람에게 접근했다가 그대로 추월한다.

마리는 다카하시에게 말한다. "너랑 가오루 씨는 어떻게 아는 사이야?"

"호텔에서 반년 가까이 아르바이트를 했거든. '알파빌'에서. 바닥

청소라든지, 그런 온갖 밑바닥 노동을 했어. 그리고 컴퓨터 관련된 일이랑. 소프트웨어 교체에 트러블 처리. 시시티브이 설치까지 했지. 거기서 일하는 사람은 여자들뿐이니까 이래봬도 가끔은 귀중한 남자 일손이었다고."

"어떤 계기로 거기서 아르바이트를 하게 됐는데?"

다카하시는 잠시 망설인다. "계기?"

"무슨 계기가 있었을 거 아냐?" 마리는 말한다. "가오루 씨는 그 부분에 대해 말을 흐리는 것 같았어."

"좀 하기 뭐한 이야기라서."

마리는 말이 없다.

"그래, 뭐." 다카하시는 체념한 듯 말한다. "실은 그 호텔에 어떤 여자애랑 갔었어. 그러니까 손님으로. 그런데 할 거 하고 나올 때가 돼서 돈이 부족하다는 걸 알게 된 거야. 여자애도 가진 돈이 없었어. 그때 술에 취해서 앞뒤 생각을 잘 안 했어. 방법이 없으니까 학생증을 놓고 왔어."

마리는 딱히 감상을 말하지 않는다.

"진짜 한심한 이야기지." 다카하시는 말한다. "그래서 다음 날 나머지 돈을 내러 갔어. 그랬더니 가오루 씨가 차라도 마시고 가라고 해서, 그래서 이런 이야기 저런 이야기 하다가 내일부터 우리 호텔에서 아르바이트해라, 이렇게 된 거야. 억지로 하게 된 거나 마찬가

124

지야. 급료는 그렇게 많지 않았지만 밥은 자주 얻어먹었어. 지금 쓰는 밴드 연습장도 가오루 씨가 소개해준 거고. 생김새만 보면 거칠 것 같지만 사람이 참 친절하거든. 지금도 가끔 놀러가곤 해. 컴퓨터가 말 안 들으면 불려가기도 하고."

"그 여자랑은 어떻게 됐어?"

"호텔에 같이 갔던 애?"

마리는 고개를 끄덕인다.

"그걸로 끝이야." 다카하시는 말한다. "그뒤로 안 만났어. 나한테 정나미가 떨어졌겠지. 어쨌거나 얼빠진 짓을 했으니 말이야. 그렇지만 그 애한테 그렇게 막 끌렸던 건 아니었거든. 그러니 별로 상관없어. 그때 안 헤어졌어도 어차피 잘 안 됐을 거야."

"별로 끌리는 것도 아닌 사람이랑 호텔에 가고 그런단 말이야? 자주?"

"아무리. 그렇게 신세 좋지 않다고. 러브호텔도 그때가 처음 가본 거였어."

두 사람은 걸음을 계속한다.

다카하시는 변명하듯 말한다. "게다가 그때도 내가 먼저 가자고 한 게 아니었어. 그쪽에서 '우리 가자' 그런 거지. 진짜로."

마리는 말이 없다.

"그렇지만 그 이야기까지 하면 길어지는데, 사정 같은 것도 있어서." 다카하시는 말한다.

"긴 이야기가 많은 사람이구나."

"그럴지도 몰라." 그는 시인한다. "왜 그럴까."

마리는 말한다. "저기, 아까 형제가 없다고 했잖아?"

"응, 외동이야."

"에리랑 같은 고등학교를 다녔다는 건 집이 도쿄에 있다는 뜻 아니냐? 그런데 왜 부모님이랑 같이 살지 않아? 그편이 생활도 더 편할 거 아냐?"

"그것도 설명하면 긴데."

"짧은 버전은 없어?"

"있어. 되게 짧은 거." 다카하시는 말한다. "이야기해?"

"응." 마리는 말한다.

"어머니가 내 생물학상 어머니가 아니거든."

"그래서 잘 못 지내는 거야?"

"아니, 잘 못 지내는 건 아냐. 난 그 뭐냐, 별로 문제를 일으키는 타입이 아니라 말이야. 하지만 매일 잡담을 주고받으면서 웃는 얼굴로 식탁을 둘러앉고 싶진 않아. 게다가 난 원래 혼자 있는 게 싫지 않은 성격이거든. 거기다 나하고 아버지는 각별히 우호적인 관계를 유지하고 있다고 할 수도 없고."

"다시 말해서 사이가 안 좋다는 뜻?"

"그렇다기보다 원래부터 성격도 다르고, 가치관도 달라."

"아버지는 뭘 하시는 분인데?"

다카하시는 아무 말도 하지 않고 발치를 보며 천천히 걷는다. 마리도 침묵한다.

"뭘 하는지 잘 몰라, 실은." 다카하시는 말한다. "하지만 어쨌든 별로 떳떳한 일이 아닐 거라는, 한없이 확신에 가까운 추측 같은 게 있어. 그리고 이 말은 남들한테 잘 안 하는데, 내가 어릴 때 교도소에서 몇 년 산 적도 있어. 요컨대 반사회적 인간이라고 할지, 범죄자였던 거야. 그것도 집에 있고 싶지 않은 이유 중 하나야. 유전자가 신경쓰여서."

마리는 어이없다는 듯 말한다. "그게 **되게 짧은** 버전이란 말이야?" 그러고는 웃는다.

다카하시는 마리를 쳐다본다. "처음으로 웃었네."

10

RM 03:25

아사이 에리가 잠들어 있다.

하지만 조금 전까지 침대 곁에서 의자에 앉아 에리의 얼굴을 열심히 바라보던 얼굴 없는 남자는 보이지 않는다. 의자도 없어졌다. 흔적도 없이. 그 때문에 방은 한층 썰렁하고 한산하다. 방 거의 중앙에 침대가 있고, 그곳에 에리가 누워 있다. 구명보트를 타고 고요한 바다를 홀로 표류하는 사람처럼 보인다. 우리는 그 광경을 이쪽에서, 즉 현실 속 에리의 방에서 텔레비전 화면을 통해 바라보고 있다. 저쪽 방에 존재하는 듯한 카메라가 에리의 잠든 모습을 이쪽에 전해준다. 카메라의 위치와 각도가 정기적으로 변화한다. 조금 접근했다가 조금 멀어진다.

　시간이 경과하지만 아무 일도 일어나지 않는다. 그녀는 꼼짝하지 않는다. 소리내지 않는다. 그녀는 물결도 없고 흐름도 없는 순수한 사유의 바다에 하늘을 보고 떠 있다. 그런데도 우리는 송신되는 영상에서 눈을 떼지 못한다. 어째서일까? 이유는 모르겠다. 하지만 우리는 일종의 직감으로 그곳에 **뭔가**가 있다는 것을 감지한다. 뭔가가 그곳에 있다. 그것은 기척을 감추고 수면 아래 숨어 있다. 우리는 눈에 보이지 않는 그것이 어디 있는지를 알아내려고 움직임이 없는 화면을 주의 깊게 바라보고 있다.

　―방금 아사이 에리의 입꼬리가 살짝 움직인 듯했다. 아니, 움직임이라고 할 수 없을지도 모른다. 보일 듯 말 듯한 어렴풋한 떨림이다. 단순히 영상이 깜박인 것일지도 모른다. 눈의 착각일지도 모른다. 변화를 원하는 마음이 그같은 환시를 보여주었는지도 모른다. 우리는 그것을 확인하려고 더욱 날카롭게 주시한다.

　카메라 렌즈는 그런 의지에 호응하듯 피사체에 접근한다. 에리의 입가가 클로즈업된다. 우리는 숨죽이고 텔레비전 화면을 응시한다. 이다음 찾아올 것을 끈기 있게 기다린다. 또다시 입술이 떨린다. 순간적인 근육 경련. 그래, 조금 전과 같은 움직임이다. 틀림없다. 착각이 아니다. 아사이 에리의 몸에 무슨 일이 벌어지고 있는 것이다.

이쪽에서 그저 수동적으로 텔레비전 화면을 바라보는 것에 우리는 차차 싫증이 난다. 우리 눈으로 직접 그 방의 내부를 보고 싶어진다. 에리가 보이기 시작한 어렴풋한 움직임을, 십중팔구 의식의 태동을 보다 가까이에서 보고 싶다. 의미를 보다 구체적으로 추측해보고 싶다. 그래서 과감히 화면 너머로 이동해보기로 한다.

결단만 내리면 그렇게 어려운 일이 아니다. 육체를 떠나, 실체를 남겨두고, 질량을 갖지 않는 관념적 **시점**이 되면 그만이다. 그러면 어떤 벽도 통과할 수 있다. 어떤 심연도 건너뛸 수 있다. 실제로 우리는 순수한 하나의 점이 되어 두 세계를 가르는 텔레비전 화면을 빠져나온다. 이쪽 세계에서 저쪽 세계로 이동한다. 벽을 통과하고 심연을 건너뛸 때, 세계는 크게 일그러지고 찢어지고 무너져 일단 소실된다. 모든 게 불순물이 없는 고운 먼지가 되어 사방으로 흩어진다. 그뒤 세계가 재구축된다. 새로운 실체가 우리를 둘러싼다. 모든 것은 눈 한 번 깜박하는 사이에 벌어진 일이다.

그리고 이제 우리는 저쪽에 있다. 텔레비전 화면에 보이던 방 안이다. 우리는 주위를 둘러보며 상황을 살핀다. 청소한 지 오래된 방 특유의 냄새가 난다. 창문이 꽉 닫혀 있어 공기가 움직이지 않는다. 썰렁하고, 곰팡내가 희미하게 난다. 침묵은 귀가 따가울 정도로 깊다. 아무도 없다. 뭔가가 숨어 있는 낌새도 없다. 뭔가가 그곳에 숨어 있었다 해도, 그것은 이미 다른 곳으로 가버렸다. 지금 이곳에

**애프터
다크**

있는 것은 우리와 아사이 에리뿐이다.

에리는 방 중앙에 놓인 싱글 침대에 잠들어 있다. 눈에 익은 침대와 눈에 익은 침대 커버. 곁으로 다가가 자는 얼굴을 바라본다. 시간을 들여 세부를 면밀하게 관찰한다. 앞에서도 서술했다시피, 순수한 시점으로서 우리가 할 수 있는 일은 그저 관찰하는 것뿐이다. 관찰하고, 정보를 모아, 만일 가능하다면 판단한다. 그녀에게 손을 대는 것은 용납되지 않는다. 말을 걸 수도 없다. 우리 존재를 넌지시 시사하는 것조차 불가능하다.

이윽고 에리의 얼굴에 또다시 움직임이 나타난다. 뺨에 앉은 조그만 날벌레를 쫓듯 근육이 반사적으로 움직인다. 이어서 오른쪽 눈꺼풀이 몇 차례 바르르 떨린다. 사유의 물결이 일렁인다. 그녀의 어둑어둑한 의식 한구석에서, 한 작은 조각과 또 하나의 작은 조각이 말없이 호응해 파문을 그리듯 엮여간다. 우리는 그 과정을 목격하고 있다. 이런 식으로 단위가 형성된다. 이어서 다른 곳에서 만들어진 단위와 그 단위가 엮여 자기 인식의 기본 시스템이 형성된다. 다른 말로 바꾸자면 그녀는 한 발짝, 한 발짝 각성을 향해 나아가고 있다.

각성은 답답하리만큼 느리게 진행되지만, 역행은 없다. 시스템은 이따금 당혹감을 내비치면서도 조금씩조금씩 확실하게 앞으로 나아간다. 한 동작에서 다음 동작으로 이어지는 데 필요한 공백의 시간도 점차 단축된다. 근육의 움직임은 처음에 얼굴 부근에만 한정되더니 시간을 들여 몸 전체로 퍼진다. 어느 시점에서 어깨가 조용히 올라가더니 조그맣고 흰 손이 이불 밑에서 모습을 드러낸다. 왼손이다. 왼손이 오른손보다 한발 앞서 각성한다. 손가락이 새로운 시간성 속에서 해동되어, 이완되어, 뭔가를 찾아 어설픈 동작으로 움직이기 시작한다. 이윽고 손가락은 독립된 작은 생명체로서 침대 커버 위를 이동해 가녀린 목에 가 닿는다. 불확실하게, 자기 육체의 의미를 찾듯이.

곧 눈꺼풀이 벌어진다. 하지만 천장에 늘어선 형광등 불빛이 눈부셔 금세 도로 닫힌다. 아무래도 그녀의 의식은 각성을 거부하는 것 같다. 그곳에 있는 현실세계를 배제하고 수수께끼로 가득 찬 부드러운 어둠 속에서 무한정 자기를 원한다. 반면, 그녀의 신체 기능은 명확한 깨어남을 원한다. 새롭고 자연스러운 빛을 희구한다. 그녀 안에서 두 힘이 충돌하고, 갈등한다. 하지만 결국에는 각성을 지시하는 힘이 승리를 거둔다. 눈꺼풀이 다시 벌어진다. 천천히, 주저주저. 그렇지만 역시 눈부시다. 형광등이 너무 밝다. 그녀는 손을 들어 두 눈을 가린다. 옆으로 돌아누워 베개에 볼을 댄다.

그대로 시간이 경과한다. 삼 분 내지 사 분 동안 아사이 에리는 똑같은 자세로 침대에 누워 있다. 눈은 뜨지 않는다. 또 잠이 든 걸까? 아니, 아니다. 그녀는 시간을 들여 의식이 각성의 세계에 익숙해지도록 하는 것이다. 기압 차가 많이 나는 방으로 옮겨진 사람이 신체 기능을 조정할 때와 마찬가지로, 그곳에서는 시간이 중요한 역할을 맡는다. 그녀의 의식은 불가피한 변화가 찾아든 것을 인식하고 마지못해 그것을 수용하려 하고 있다. 어렴풋이 욕지기가 난다. 위가 수축해 뭔가가 치미는 느낌이다. 하지만 심호흡을 몇 차례 되풀이해서 그것을 넘긴다. 구역질이 겨우 가라앉자 그 대신 종류가 다른 몇 가지 불쾌감이 명백해진다. 팔다리가 저리고, 희미하게 이명이 있고, 근육이 쑤신다. 똑같은 자세로 너무 오랜 시간 잔 탓이다.

다시 시간이 경과한다.

이윽고 그녀는 침대 위에 일어나 앉아 모호하게 주위를 둘러본다. 꽤 넓은 방이다. 다른 사람은 없다. 여기는 대체 어디일까? 나는 여기서 뭘 하는 걸까? 기억을 더듬어본다. 하지만 기억이 모조리 짤막한 실 토막처럼 뚝뚝 끊어진다. 그녀가 아는 것은 자신이 방금 전까지 이곳에서 자고 있었던 듯하다는 것뿐이다. 내가 침대에 누워 있었고 파자마를 입었다는 게 그 증거다. 이것은 내 침대고, 내 파자마다. 틀림없다. 하지만 이곳은 **내 장소가 아니다**. 온몸이 저릿저릿하다. 내가 자고 있었다면 꽤나 오래, 꽤나 깊이 잔 모양이다. 하지만 얼마만큼 오랜 시간이었는지 짐작조차 되지 않는다. 자세히 생각하려고 하면 관자놀이가 욱신거린다.

과감하게 이부자리에서 나온다. 조심스레 맨발을 바닥에 내려놓는다. 그녀는 파자마를 입고 있다. 무늬 없는 파란 파자마. 감촉이 매끄럽다. 방 안 공기가 선득해 그녀는 얇은 침대 커버를 걷어 망토처럼 몸에 두른다. 걸으려고 하는데 똑바로 걷지 못하겠다. 근육이 걸음을 걷는 본래의 방식을 잊어버린 것이다. 하지만 노력해서 한 발짝씩 앞으로 나아간다. 밋밋한 리놀륨 바닥은 매우 사무적으로 그녀를 심사하고 힐문한다. 너는 누구며 여기서 무엇을 하느냐고 그들은 싸늘하게 묻는다. 하지만 물론 그녀는 질문에 답할 수 없다.

그녀는 창가로 가서 두 손으로 창틀을 짚으며 유리 너머 바깥을 살펴본다. 하지만 창밖에는 풍경이라 할 게 없다. 순수한 추상 개념 같은, 색이 없는 공간이 있을 뿐이다. 두 손으로 눈을 비비고 숨을 크게 쉰 다음 다시 창밖으로 눈길을 준다. 그래도 역시 보이는 것은 공백뿐이다. 그녀는 창을 열려고 하는데, 창은 열리지 않는다. 창문마다 돌아가며 열어보려고 하지만, 하나같이 못을 박아 고정한 것처럼 꿈쩍하지 않는다. 그녀는 혹시 배일지도 모르겠다고 생각한다. 그런 생각이 떠오른다. 몸 안에 완만한 흔들림 같은 것을 느끼기 때문이다. 나는 지금 큰 배를 타고 있을지도 모른다. 파도가 실내로 들어오지 못하게 창을 밀봉한 것이다. 그녀는 귀를 기울여 엔진 소리와 선체가 파도를 가르는 소리를 들으려 한다. 하지만 귀에 들리는 것은 끊이지 않는 침묵뿐이다.

134

애프터
다크

시간을 들여 넓은 방을 한 바퀴 돌며 벽을 만져보고 스위치를 만져본다. 어느 스위치를 올리건 내리건 천장의 형광등은 꺼지지 않는다. 아무 일도 일어나지 않는다. 방에는 문이 두 개 있다. 지극히 평범한, 베니어판을 댄 문. 그녀는 한 문의 손잡이를 돌려본다. 하지만 헛돌기만 할 뿐 아무런 반응이 없다. 밀고 당겨봐도 문은 꿈쩍도 하지 않는다. 또 한 문도 마찬가지다. 그곳에 있는 모든 문과 창문은 마치 각각 독립된 생명체처럼 그녀에게 거부 신호를 보낸다.

두 주먹으로 문을 있는 힘껏 두들겨본다. 누가 그 소리를 듣고 바깥에서 문을 열어주지 않을까 기대하며. 하지만 아무리 세게 문을 두들겨도 깜짝 놀랄 만큼 작은 소리만 난다. 그녀 자신에게조차 잘 들리지 않을 만큼 미약한 소리다. 아무도(만일 누가 밖에 있다 해도) 그런 것을 들어주지 않을 것이다. 손만 아플 뿐이다. 머릿속에서 현기증 비슷한 게 느껴진다. 몸 내부의 흔들림이 아까보다 커졌다.

우리는 그 방이 시라카와가 심야에 일하던 사무실과 비슷하다는 것을 깨닫는다. 아주 많이 닮았다. 어쩌면 같은 방일지도 모른다. 다만 그곳은 이제 완전히 빈방이다. 가구도, 기기도, 장식도 모조리 없어지고 남아 있는 것이라곤 천장의 형광등뿐이다. 모든 사물을 방에서 내가고 마지막 사람이 문을 닫고 나간 뒤, 이 방의 존재는 온 세계로부터 망각되어 바닷속에 가라앉고 말았다. 사방의 벽에

흡수된 침묵과 곰팡내가 시간의 경과를 그녀에게, 그리고 우리에게 시사한다.

그녀는 바닥에 쭈그리고 앉아 벽에 몸을 기댄다. 현기증과 흔들림이 가라앉을 때까지 조용히 눈을 감고 있다. 이윽고 눈을 뜨고 근처 바닥에 떨어져 있던 어떤 것을 줍는다. 연필이다. 지우개가 달렸고 veritech라는 이름이 쓰여 있다. 시라카와가 쓰던 것과 같은 은색 연필이다. 심 끄트머리가 뭉툭하다. 그녀는 연필을 들고 오랫동안 쳐다본다. veritech라는 이름은 기억에 없다. 회사 이름일까. 아니면 제품 이름인 걸까. 모르겠다. 그녀는 가볍게 고개를 흔든다. 연필 외에는 이 방에 관해 정보를 제공해줄 성싶은 것이 아무것도 보이지 않는다.

그녀는 왜 자신이 그런 곳에 혼자 있게 됐는지 이해할 수 없다. 처음 보는 곳이고, 짚이는 데도 없다. 대체 누가 무슨 목적으로 나를 이곳으로 데려왔을까? 혹시 내가 죽은 걸까? 여기는 사후세계일까? 그녀는 침대에 걸터앉아 그 가능성을 검토한다. 하지만 자신은 죽은 것 같지 않다. 게다가 사후세계는 이런 게 아닐 터다. 외부와 단절된 사무실 건물 빈방에 홀로 갇히는 게 사후라면 아무리 그래도 너무 암담하지 않나. 꿈인가? 아니, 그건 아니다. 꿈치고는 지나치게 일관성이 있다. 세부가 지나치게 구체적이고 선명하다. 나는 이곳에 있는 것을 실제로 만질 수 있다. 그녀는 연필 끝으로 손등을 꽉 눌러 아픔을 확인한다. 혀로 지우개를 핥아 고무 맛이 나는 것을 확인한다.

이것은 현실이라고 그녀는 결론을 내린다. 어째선지 다른 종류의 현실이 내 본래의 현실과 뒤바뀐 것이다. 그게 어디에서 부여한 현실이든, 나를 이곳으로 데려온 사람이 누구이든, 어쨌거나 나는 홀로, 풍경도 없고 출구도 없는 이 기묘한 먼지투성이 방에 버려져, 갇혔다. 나는 머리가 이상해진 걸까? 그래서 시설 같은 곳으로 오게 된 걸까? 아니, 그럴 리 없다. 상식적으로 생각해서 대체 누가 자기 침대를 지참하고 병원에 입원하겠나? 도대체가 이 방은 병실 같지 않다. 감옥 같지도 않다. 이곳은―그래, 그저 넓은 빈방이다.

그녀는 침대로 돌아와 이불을 손으로 어루만져본다. 베개를 가볍게 쳐본다. 하지만 그것은 평범한 이불이고 평범한 베개다. 상징도 아니고, 개념도 아니다. 현실의 이불과 현실의 베개다. 그것들은 그녀에게 아무런 단서도 제공해주지 않는다. 에리는 자신의 얼굴을 손가락으로 구석구석 쓰다듬어본다. 평소와 다름없는 자신이라는 것을 확인한다. 아름다운 얼굴과 잘생긴 유방. 나는 이렇듯 하나의 살덩어리고, 하나의 자산이다. 그녀는 맥락 없이 그런 생각을 한다. 자신이 자신이라는 것이 느닷없이 불확실하게 느껴진다.

현기증은 없어졌지만 흔들리는 것은 여전하다. 몸을 떠받치는 발판이 족족 철거되는 느낌이다. 몸 안쪽이 필요한 무게를 잃고 단순한 공동空洞으로 변해간다. 지금까지 그녀를 그녀로서 성립시켰던 기관과 감각과 근육과 기억을 뭔가가 척척 솜씨 좋게 박탈한다. 그 결과, 자신이 이제 아무것도 아니게 되고 그저 외부의 사물을 통과시키기 위한 편리한 존재가 되어가는 것을 알겠다. 온몸의 피부에 소름이 돋는 듯한 거센 고독감에 사로잡힌다. 그녀는 큰 소리로 부르짖는다. 싫어, 나는 그런 식으로 바뀌기 싫어. 하지만 큰 소리로 부르짖어도 목에서 실제로 나오는 것은 꺼질 것처럼 작은 목소리다.

그녀는 다시 깊이 잠들고 싶다고 생각한다. 푹 자고 나서 깨어나니 본래의 내 현실로 돌아와 있다면 얼마나 좋을까. 현재로서는 그것이 에리가 생각할 수 있는, 이 방에서 탈출하는 유일한 방법이다. 시도해볼 가치는 있을 것이다. 하지만 그런 잠은 간단히 주어지지 않을 것이다. 그녀는 방금 잠에서 깨어난 참이니까. 게다가 너무나도 오랜 시간, 너무나도 깊이 잤다. 본래의 현실을 어딘가에 빠뜨리고 올 만큼 깊이.

조금 전 주운 은색 연필을 손가락 사이에 끼고 빙글빙글 돌려본다. 그 느낌이 기억을 이끌어주지 않을까 막연히 기대하며. 그렇지만 손가락에 느껴지는 것은 마음의 한없는 갈증뿐이다. 그녀는 저도 모르게 연필을 바닥에 떨어뜨린다. 침대에 눕는다. 이불을 덮고 눈을 감는다.

내가 여기 있다는 것을 아무도 모른다고 그녀는 생각한다. 나는 알 수 있다. **내가 여기 있다는 것을 아무도 모른다.**

    우리는 안다. 하지만 우리는 관여할 자격이 없다.

    침대에 누운 그녀의 모습을 우리는 위에서 내려다보고 있다. 그 뒤 시점으로서의 우리는 점차 뒤로 빠진다. 천장을 통과해 자꾸자꾸 뒤로 빠진다. 한없이 뒤로 빠진다. 그에 따라 아사이 에리의 모습은 차츰 작아져, 하나의 점이 되더니, 이윽고 소멸된다. 우리는 속도를 높여 그대로 뒤쪽을 향해 성층권을 통과한다. 지구가 작아지더니 그도 마지막에는 사라진다. 시점은 허무의 진공 속을 한없이 후퇴한다. 움직임을 제어할 수 없다.

    정신을 차려보니 우리는 아사이 에리의 방에 돌아와 있다. 침대에는 아무도 없다. 텔레비전 화면이 보인다. 화면에는 모래폭풍이 비칠 뿐이다. 지지직 하는 귀에 거슬리는 잡음. 우리는 얼마 동안 모래폭풍을 목적도 없이 바라보고 있다.

    방이 점점 어두워진다. 빛이 급속히 사라진다. 모래폭풍도 사라진다. 완전한 어둠이 찾아든다.

11

마리와 다카하시는 공원 벤치에 나란히 앉아 있다. 도시 한복판
에 있는 기름한 모양의 작은 공원이다. 오래된 공영 주택이 있어,
한 모퉁이에 아이들을 위한 놀이터를 만들어놓았다. 그네가 있고,
시소와 음수대가 있고, 수은등이 주위를 환히 밝히고 있다. 검은 나
무들이 머리 위로 가지를 크게 뻗었고, 덤불이 있다. 나무에서 떨어
진 잎이 땅바닥이 보이지 않을 만큼 쌓여 그 위를 걸으면 버석버석
메마른 소리가 난다. 새벽 4시 전의 공원에는 두 사람 말고 아무도
없다. 늦가을의 흰 달이 예리한 날붙이처럼 하늘에 떠 있다. 마리는
무릎 위에 흰 새끼 고양이를 올려놓고 티슈에 싸온 샌드위치를 먹

140

애 프 터
다 크

이고 있다. 새끼 고양이는 샌드위치를 맛있게 먹는다. 그녀는 고양이의 등을 살짝 쓰다듬는다. 다른 고양이 몇 마리가 조금 떨어진 곳에서 그 모습을 보고 있다.

"'알파빌'에서 일할 때 휴식시간에 종종 먹이를 들고 고양이 쓰다듬으러 여기 왔었어." 다카하시는 말한다. "지금은 연립에서 혼자 살아서 고양이를 못 키우니까 고양이 만지는 느낌이 그리워지곤 해."

"집에 있을 땐 고양이 키웠어?" 마리가 묻는다.

"형제가 없으니까 고양이가 형제 대신이었지."

"개는 안 좋아해?"

"개도 좋아해. 몇 마리 키웠어. 그렇지만 고양이가 더 좋은걸. 개인적 취향으로."

"난 개도, 고양이도 키워본 적이 없어." 마리는 말한다. "언니가 동물 털 알레르기 때문에 재채기가 쉴 새 없이 나거든."

"그렇구나."

"언니는 어렸을 때부터 온갖 알레르기가 있었어. 삼나무 꽃가루, 돼지풀, 고등어, 새우, 새로 칠한 페인트. 그밖에도 여러 가지."

"새로 칠한 페인트?" 다카하시는 얼굴을 찡그린다. "그런 알레르기, 처음 듣는데."

"그래도 아무튼 그래. 실제로 증세도 나타나고."

"어떤 증세?"

"두드러기가 나고, 숨을 잘 못 쉬어. 기관지에 좁쌀처럼 우둘두둘 돋아서, 그렇게 되면 병원에 가야 해."

"새로 칠한 페인트 앞을 지날 때마다?"

"늘 그런 건 아니고, 가끔."

"가끔이라도 힘들겠는걸."

마리는 말없이 고양이를 쓰다듬는다.

"그럼 넌?" 다카하시는 묻는다.

"알레르기?"

"그래."

"난 그런 건 딱히 없어." 마리는 말한다. "병나본 적도 없고…….
그래서 우리 집에서 언니는 섬세한 백설공주고, 난 튼튼한 양치기 소녀야."

"백설공주는 한 집에 둘씩 있지 않으니까."

마리는 고개를 끄덕인다.

다카하시는 말한다. "그렇지만 건강한 양치기 소녀도 나쁘지 않아. 페인트칠을 일일이 신경쓰지 않아도 되고."

마리는 다카하시를 본다. "그렇게 간단한 이야기는 아닌데."

"물론 그렇게 간단한 이야기는 아니지." 다카하시는 말한다. "그건 아는데…… 있지, 여기 춥지 않아?"

"안 추워. 괜찮아."

마리는 참치샌드위치를 또 조금 뜯어 새끼 고양이에게 준다. 고양이는 배가 상당히 고팠는지 열심히 먹는다.

다카하시는 이야기를 꺼낼지 말지 얼마 동안 망설인다. 하지만 결국 이야기하기로 한다. "사실은 말이지, 한 번이지만 너희 언니랑 꽤 오래 둘이 이야기한 적이 있거든."

마리는 그를 쳐다본다. "그게 언제야?"

"금년 4월쯤이었나. 저녁에 찾을 게 있어서 타워 레코드에 들렀는데, 그 앞에서 아사이 에리하고 딱 마주쳤지 뭐야. 나도 혼자였고, 그쪽도 혼자였어. 얼마 동안 그냥 서서 이야기했는데, 서서 이야기하는 걸로 끝날 수 없게 돼서 근처 찻집에 들어갔어. 처음엔 그냥 그런 잡담이었어. 오랜만에 길에서 만난 고등학교 동창이랑 할 법한 이야기. 누가 어떻게 됐다느니, 그런 거. 그런데 그러고 나서 어디 술 마실 만한 데로 자리를 옮기자고 저쪽에서 말을 꺼내서, 비교적 깊고 개인적인 이야기를 하게 됐어. 뭐랄까, 하고 싶은 이야기가 아주 많은 것 같았어."

"깊고 **개인적인** 이야기가?"

"그래."

마리는 이해되지 않는다는 표정이다. "에리가 어째서 **너한테** 그런 이야기를 했지? 너랑 에리는 그렇게 가까운 사이가 아니란 인상이었는데.”

“물론 너희 언니랑 난 별로 친하지 않아. 이 년 전 너랑 같이 호텔 수영장에 갔을 때, 이야기다운 이야기를 처음 해봤을 정도야. 내 풀네임은 알고 있었는지 그것조차 의심스러운걸.”

마리는 말없이 무릎 위의 고양이를 쓰다듬는다.

다카하시는 말한다. “그렇지만 그때 아사이 에리는 **누군가한테** 이야기하고 싶었던 거야. 원래는 그런 거, 친한 동성 친구들한테 할 이야기라고 생각하거든. 그런데 너희 언니는 마음을 터놓을 수 있는 동성 친구가 없었을지도 몰라. 그래서 그 대신 날 선택한 게 아닐까? 우연히 나였어. 누가 됐든 별로 상관없었던 거야.”

“하지만 어째서 **너**였던 거야? 내가 알기로 언니는 옛날부터 이성 친구가 아쉬워본 적이 없는데.”

“그래, 아쉬워본 적이 없겠지.”

“그런데 우연히 길 가다 만난 너한테, 그러니까 그렇게 친한 것도 아닌 상대방한테 깊고 **개인적인** 이야기를 한 거야. 왜지?”

“그러게…….” 다카하시는 그에 관해 잠시 생각한다. “별로 해가 없어 보였는지도 모르지.”

“해가 없어?”

“일시적으로 마음을 터놓아도 위협이 없을 거란 뜻.”

“잘 모르겠는데.”

144

애프터
다크

"그러니까 이런 거야." 다카하시는 거북한 듯 약간 어물거렸다. "이상한 이야기인데, 난 가끔 게이란 오해를 받거든. 길에서 모르는 남자가 말을 걸고 말이지."

"사실은 아닌데?"

"아마 아닐걸…… 어쨌거나 옛날부터 남한테 비밀 이야기를 듣는 일이 많았어. 남녀를 불문하고, 별로 친하지도 않은 상대방이, 가끔은 그때 처음 만난 상대방이, 엄청난 마음속 비밀을 털어놓고 그러지 뭐야. 왜 그런 걸까? 나라고 그런 걸 듣고 싶은 것도 아닌데."

마리는 그가 한 말을 머릿속으로 되새겨본다. 그리고 말한다. "그래서 어쨌든 에리가 너한테 비밀 이야기를 시작했단 말이지."

"그래. 비밀이라고 할지, **개인적인** 이야기야."

"예를 들면 어떤?" 마리는 묻는다.

"예를 들면…… 그러게, 가족에 관해서라든지."

"가족?"

"예를 들면." 다카하시는 말한다.

"거기 나도 들어 있고?"

"그렇지."

"어떤 식으로?"

다카하시는 어떻게 말할지 잠시 생각한다. "예를 들면…… 너희 언니는 너랑 더 친해지고 싶어했어."

"나랑 **친해지고** 싶어했다고?"

"네가 자기에 대해 의식적으로 거리를 둔다고 느꼈어. 어느 나이를 지나면서부터 줄곧."

마리는 새끼 고양이를 손으로 살며시 감싼다. 작은 온기를 손 안에 느낀다.

"그렇지만 사람과 사람이 적당한 거리를 두면서 친해질 수도 있는 거잖아?" 마리는 말한다.

"물론 그렇지." 다카하시는 말한다. "물론 그런 것도 가능해. 그렇지만 어떤 사람한테 적당한 거리인 게 다른 사람한테는 그건 좀 너무 먼데, 하는 일도 있을지 모르지."

커다란 갈색 고양이가 어디선가 나타나 다카하시의 다리에 머리를 비벼댄다. 그는 몸을 굽혀 고양이를 쓰다듬는다. 그리고 주머니에서 생선 완자를 꺼내 비닐 포장을 찢고 절반을 준다. 고양이는 맛있게 먹는다.

"그게 에리가 가진 **개인적인** 문제였단 말이야?" 마리는 말한다. "동생이랑 별로 친하지 않다는 게?"

"개인적인 문제 중 **하나**였어. 그것만 있는 건 아니고."

마리는 입을 열지 않는다.

다카하시는 말을 잇는다. "나랑 이야기하는 동안, 아사이 에리는 온갖 종류의 약을 먹었어. 프라다 백에 약이 한가득 들어서, 블러디

메리를 마시면서 너트 안주 먹듯이 약을 연달아 입에 넣는 거야. 물론 합법적인 약이라고 생각하지만, 그래도 그 양은 정상이 아니야."

"그 사람은 약 마니아아. 옛날부터 그랬고, 점점 심해지는걸."

"누가 못 하게 말려야 해."

마리는 고개를 흔든다. "약이랑 점술이랑 다이어트—언니의 경우, 아무도 그걸 막지 못해."

"난 전문의하고 상담하는 게 낫지 않겠느냐고 넌지시 말해봤어. 심리치료사라든지, 정신과 의사라든지. 그렇지만 그런 데 갈 마음이 전혀 없는 것 같았어. 아니, 자기한테 무슨 일이 벌어지고 있다는 걸 모르는 거야. 그래서 뭐랄까, 나도 비교적 마음에 걸렸거든. 아사이 에리는 어떻게 됐을까 하고."

마리는 심각한 표정을 짓는다. "그런 건 전화해서 본인한테 직접 물으면 되지 않아? 네가 **정말로** 에리를 걱정한다면."

다카하시는 가볍게 한숨을 쉰다. "거기서 오늘 밤 우리가 처음 나눈 대화로 돌아가는데, 너희 집에 전화해서 아사이 에리가 전화를 받으면 대체 무슨 말을 해야 할지 잘 모르겠거든."

"그때는 오랫동안 둘이 술 마시면서 친밀하게 이야기했다며? 깊고 개인적인 이야기."

"응. 그건 그렇지만, 말이 **이야기한** 거지, 실제로 난 그때 거의 한마디도 안 했어. 아사이 에리가 대체로 혼자 이야기하고, 난 그냥 맞장구를 친 것뿐이야. 게다가 엄밀히 말해서 내가 너희 언니한테 현실적으로 해줄 수 있는 게 그렇게 많지 않다는 생각이 들거든. 그러니까 뭐랄까, 좀더 깊은 차원에서 개인적으로 관계를 맺지 않는 한 그렇다는 뜻이지만."

"그런데 넌 그렇게까지 깊이 엮이고 싶진 않다?"

"그렇다기보다…… 난 안 될 것 같다는 거지." 다카하시는 말한다. 손을 뻗어 고양이의 귀 뒤를 긁어준다. "그럴 자격이 없다고 할지."

"쉽게 말해서 넌 에리에 대해 그렇게까지 깊은 관심을 가질 수 없다는 말?"

"그런 식으로 말하자면, 아사이 에리라고 나한테 깊은 관심을 갖고 있진 않아. 아까도 말했지만 그저 누구한테 이야기를 하고 싶었을 뿐이지. 아사이 에리한테 난 적당하게 맞장구를 쳐줄, 다소 인간미가 있는 벽 같은 존재에 불과했어."

"하지만 그건 그렇다 치고, 넌 에리한테 깊은 관심을 갖고 있는 거야, 갖고 있지 않은 거야? 예스, 노로 대답한다면."

다카하시는 망설이듯 두 손을 가볍게 맞비빈다. 미묘한 문제다. 대답하기가 무척 쉽지 않다.

"예스. 난 아사이 에리한테 관심을 갖고 있다고 생각해. 너희 언니는 아주 자연스럽게 빛나는 뭔가가 있거든. 그런 특별한 걸 나서

부터 갖고 있어. 예를 들면 말이지, 우리가 둘이 술 마시면서 친밀하게 이야기하면 다들 흘끔흘끔 쳐다보는 거야. 어째서 저런 미인이 나 같은 신통치 않은 남자랑 같이 있는 건가 하고."

"하지만……."

"하지만?"

"잘 생각해봐." 마리는 말한다. "난 '에리한테 **깊은** 관심을 갖고 있는가?' 하고 질문했어. 그에 대해 넌 '관심은 갖고 있다고 생각해'라고 대답했지. **깊은**이란 말이 빠졌어. 뭔가가 은근슬쩍 묵살당한 것 같아."

다카하시는 감탄한다. "넌 꽤 세심하구나."

마리는 말없이 상대방의 대답을 기다린다.

다카하시는 어떻게 대답할지 잠시 생각한다. "하지만…… 그래, 너희 언니랑 마주 앉아 오래 이야기하다 보면 말이지, 점점 묘한 기분이 들어. 처음엔 눈치채지 못하는데, 시간이 지날수록 그게 절절히 느껴지거든. 뭐랄까, **내가 거기 포함되지 않는다**는 느낌인데. 아사이 에리는 바로 눈앞에 있는데, 그와 동시에 몇 킬로미터 떨어진 곳에 있어."

마리는 역시 아무 말도 하지 않는다. 가볍게 입술을 깨물며 뒷이야기를 기다린다. 다카하시는 시간을 들여 적절한 표현을 찾는다.

"요는 말이지, 내가 무슨 말을 하든 아사이 에리의 의식에 전달되지 않는 거야. 나랑 아사이 에리 사이엔 투명한 스펀지 지층 같은 게 가로막고 있어서, 내가 하는 말은 그걸 통과하면서 양분을 대부분 빼앗겨. 아사이 에리는 진짜 의미에선 내 말을 듣고 있지 않은 거야. 이야기를 하다 보면 그걸 알게 돼. 그럼 이번엔 저쪽에서 하는 말도 이쪽에 잘 전달되지 않게 되거든. 그게 참 묘한 느낌인 거야."

참치샌드위치가 다 없어졌다는 것을 알자, 새끼 고양이는 몸을 비틀어 마리의 무릎 위에서 땅으로 뛰어내린다. 그리고 폴짝폴짝 뛰듯 덤불 속으로 달려간다. 마리는 샌드위치를 쌌던 티슈를 구깃구깃 뭉쳐 가방에 넣는다. 손에 묻은 빵부스러기를 턴다.

다카하시는 마리의 얼굴을 본다. "내가 하는 말, 알겠어?"

"안다고 할지……." 마리는 말한다. 한 박자 쉬었다가 말을 잇는다. "방금 네가 한 말은 내가 에리에 대해 늘 느꼈던 거에 가까울지도 몰라. 적어도 요 몇 년 사이에."

"말이 잘 전달되지 않는다 싶은?"

"응."

다카하시는 가까이 다가온 다른 고양이에게 남은 생선 완자를 던져준다. 고양이는 조심스레 냄새를 맡더니 흥분한 것처럼 열심히 먹어치운다.

"있지, 하나 물어볼 게 있는데, 솔직히 대답해줄래?" 마리는 말한다.

"그래."

"네가 '알파빌'에 같이 갔던 여자애가 혹시 우리 언니 아냐?"

다카하시는 놀라 고개를 쳐들고 마리를 본다. 조그만 연못 수면에 퍼지는 파문을 보듯.

"왜 그렇게 생각하는데?" 다카하시는 묻는다.

"그냥. 감으로. 아냐?"

"아니, 아사이 에리 아니야. 다른 애야."

"진짜?"

"진짜."

마리는 얼마 동안 생각한다.

"하나 더 질문해도 돼?" 마리는 말한다.

"물론이지."

"네가 우리 언니랑 그 호텔에 가서 섹스했다고 쳐. 하나의 가정으로서."

"하나의 가정으로서."

"하나의 가정으로서. 그런데 내가 '넌 우리 언니랑 그 호텔에 가서 섹스했지?' 하고 질문했다 쳐. 가정으로서."

"가정으로서."

"그럼 넌 솔직하게 예스라고 대답할까?"

다카하시는 그에 관해 잠시 생각한다.

"아닐걸." 그는 말한다. "아마 노라고 대답하겠지."

"왜?"

"너희 언니의 프라이버시랑 연관되니까."

"비밀 유지 의무 같은 거야?"

"일종의."

"그럼 '그 질문엔 대답할 수 없다'라고 대답하는 게 맞는 거 아냐? 만약 비밀 유지 의무 때문이라면."

다카하시는 말한다. "그렇지만 만약 내가 '그 질문엔 대답할 수 없다'고 대답하면 전후관계로 볼 때 예스라고 대답한 거나 마찬가지가 되지. 안 그래? 그건 미필적고의야."

"그러니까 어쨌든 대답은 노라고?"

"이론적으로는."

마리는 상대방의 얼굴을 가까이서 들여다보듯 하며 말한다. "있지, 난 어느 쪽이든 상관없어. 네가 에리랑 잤어도 상관없어. 에리가 그걸 원했다면."

"아사이 에리가 뭘 원하는지, 그건 본인도 잘 모르지 않을까. 그렇지만 그 이야기는 이제 그만두자. 이론적으로든, 현실적으로든 나랑 '알파빌'에 간 애는 다른 여자애지, 아사이 에리가 아니니까."

마리는 가볍게 한숨을 쉰다. 그리고 잠시 뜸을 들인다.

애프터
다크

"에리랑 좀더 친했으면 좋았을 거란 생각은 나도 해." 그녀는 말했다. "특히 십대 초반에 그런 생각을 많이 했어. 언니랑 제일 친한 짝꿍이 되고 싶다고. 물론 동경심 같은 마음도 있었고. 하지만 그때 에리는 말도 안 되게 바빴거든. 당시에 이미 소녀잡지 모델이었고, 배우러 다니는 것도 많았고, 주위 사람들한테 떠받들리고 있었어. 내가 파고들 틈새는 없었어. 바꿔 말하면 내가 **그걸** 원했을 때 에리는 거기에 응해줄 여유가 없었던 거야."

다카하시는 말없이 마리의 이야기를 듣고 있다.

"우리는 나서부터 줄곧 한 지붕 밑에 한 자매로 살아왔지만, 성장한 세계는 많이 달랐어. 예를 들어 먹는 음식 하나만 봐도 똑같지 않았어. 그 왜, 이것저것 알레르기가 있으니까 그 사람은 다른 식구들이랑 다른 특별한 메뉴를 먹었거든."

잠시 침묵이 흐른다.

마리는 말한다. "비난하려는 게 아니야. 난 어머니가 에리한테 너무 오냐오냐한다고 생각했지만, 이제 와서 그런 건 아무래도 상관없는 일이야. 내가 하고 싶은 말은 그러니까, 우리 사이에 그런 역사라고 할지, 경위 같은 게 있다는 거야. 그런데 이제 와서 더 친해지고 싶었다고 한들, 나로선 솔직히 어쩌면 좋을지 모르겠다는 거지. 그런 느낌은 알겠어?"

"알 것 같아."

마리는 아무 말도 하지 않는다.

"아사이 에리랑 이야기하다가 문득 생각한 건데." 다카하시는 말한다. "그 애는 너한테 전부터 콤플렉스 같은 걸 느끼지 않았을까. 아마도 아주 오래전부터."

"콤플렉스?" 마리는 말한다. "에리가 **나한테**?"

"그래."

"반대가 아니라?"

"반대가 아니라."

"왜 그렇게 생각하는데?"

"그러니까 말이지, 동생인 넌 늘 자신이 손에 넣고 싶어하는 것의 이미지를 명확하게 갖고 있었어. 노라고 말해야 할 때는 확실하게 말할 수 있었어. 뭘 할 때는 자기 페이스로 착착 진행했어. 그런데 아사이 에리는 그게 안 됐어. 어렸을 때부터 주어진 역할을 소화하고 주위를 만족시키는 게 그 애의 일이나 다름없었어. 네 말을 빌리자면 훌륭한 백설공주가 되려고 노력해온 거야. 확실히 다른 사람들한테 떠받들어졌겠지만, 그거 가끔은 힘들었을걸. 인생의 가장 중요한 시기에 자신이라는 존재를 잘 성립시키지 못한 거야. 콤플렉스란 말이 너무 세다면, 요컨대 네가 부럽지 않았을까."

"에리가 너한테 그렇게 말했어?"

"아니. 그 애가 한 말의 주변부를 모아서 내가 지금 여기서 상상한 거야. 그렇게 틀리지는 않을걸."

"하지만 과장이 섞였다고 생각해." 마리는 말한다. "아닌 게 아니라 난 에리에 비하면 어느 정도 자립적으로 살아왔을지도 몰라. 그건 나도 알겠어. 하지만 그 결과 여기 있는 현실의 나는 하잘것없고 아무 힘도 없는걸. 지식도 부족하고, 머리도 별로 좋지 않아. 미인도 아니고, 누구한테 소중한 사람인 것도 아니야. 그렇게 말하자면 나라고 자신이라는 존재를 잘 성립시킨 건 아니란 말이야. 좁은 세계에서 걸핏하면 휘청거리고 있어. 에리는 그런 내가 대체 어디가 부럽다는 거야?"

"너한테 지금은 아직 준비 기간 같은 거야. 그렇게 쉽게 결론이 나오지 않아. 넌 아마 시간이 걸리는 타입인 거야."

"그 애도 열아홉 살이었어." 마리는 말한다.

"그 애?"

"'알파빌'에서 모르는 남자한테 얻어맞고 옷가지도 모조리 빼앗겨서 알몸뚱이로 피 흘리던 중국인 여자애. 예쁜 애였어. 하지만 그 애가 사는 세계엔 준비 기간이 없어. 시간이 걸리는 타입인지 아닌지, 그런 건 아무도 생각해주지 않아. 안 그래?"

다카하시는 말없이 인정한다.

마리는 말한다. "처음 봤을 때부터 그 애랑 친구가 되고 싶었어. 아주 강하게. 우리가 다른 곳에서 다른 때 만났다면 분명히 친한 친구가 될 수 있었을 거란 생각이 들어. 내가 누구한테 그런 식으로 느끼는 일, 별로 없는데. 별로라고 할지, **전혀**라고 할지."

"그래."

"하지만 아무리 그렇게 생각해도 우리가 사는 세계는 너무 많이 달라. 그건 도저히 내 힘으로 어떻게 할 수 없는 일이지. 아무리 노력해도."

"그렇지."

"그렇지만 말이야, 아주 잠깐 만난 것뿐이고 이야기도 거의 못했는데, 그런데 그 애가 내 안에 살게 된 것 같은 느낌이 들지 뭐야. 그 애가 내 일부가 된 것 같은. 잘 표현을 못 하겠지만."

"넌 그 여자애의 아픔을 느낄 수 있는 거지."

"그럴지도 몰라."

다카하시는 뭔가를 깊이 생각한다. 그러더니 입을 연다.

"이런 식으로 생각해보면 어떨까 싶은데. 그러니까 너희 언니는 어딘지는 몰라도 또 다른 '알파빌' 같은 곳에 있으면서 누군가한테 무의미한 폭력을 당하고 있어. 그래서 소리 없는 비명을 지르면서 눈에 안 보이는 피를 흘리고 있어."

"비유적인 의미로?"

"아마." 다카하시는 말한다.

"넌 에리랑 이야기하고 그런 인상을 받았단 말이야?"

애프터
다크

"아사이 에리는 온갖 트러블을 혼자 끌어안은 채 앞으로 나아가지 못하고 도움을 바라고 있어. 그리고 자기를 학대하는 걸로 그런 감정을 표현하고 있어. 그건 인상이라기보다, 그보다 더 명확한 거야."

마리는 일어나 밤하늘을 올려다본다. 그뒤 그네로 가서 앉는다. 노란 스니커가 낙엽을 밟는 메마른 소리가 과장되어 주위에 울려퍼진다. 그녀는 그네에 묶인 굵은 로프의 강도를 확인하듯 얼마동안 만지고 있다. 다카하시도 일어나 낙엽 위를 걸어 마리 옆으로 가서 앉는다.

"에리는 지금 자고 있어." 마리는 비밀을 털어놓듯 말한다. "아주 깊이."

"이 시간엔 다들 자."

"그런 게 아니라." 마리는 말한다. "그 사람은 깨려고 하질 않아."

12

AM 03:58

시라카와가 일하는 사무실.

시라카와는 웃통을 벗고 바닥에 누워 요가매트에서 복근 운동을 하고 있다. 셔츠와 넥타이는 의자 등받이에 걸쳐놓고, 안경과 손목시계는 책상 위에 나란히 놓았다. 몸은 말랐지만 가슴팍은 두툼하고 군살이 전혀 없다. 근육이 탄탄하게 붙었다. 벗은 몸을 드러내니 옷을 입었을 때와 인상이 상당히 다르다. 깊게, 그러면서도 간결하게 호흡하며 빠른 속도로 몸을 일으키고, 좌우로 굽힌다. 가슴과 어깨에 송송 솟은 땀방울이 형광등 불빛에 빛난다. 책상 위의 포터블 시디플레이어에서 브라이언 아사와가 부르는 알레산드로 스카를

애프터
다크

라티의 칸타타가 흘러나오고 있다. 느린 템포는 격한 움직임에 대해 이질적일 것 같지만, 그는 음악의 흐름에 맞춰 미묘하게 동작을 컨트롤한다. 밤늦게까지 일하고 나면 집에 가기 전에 고전음악을 들으며 사무실 바닥에서 일련의 고독한 운동을 하는 게 일상적인 습관인 모양이다. 동작이 체계적이고 확신에 차 있다.

굽혀펴기운동을 정해진 횟수만큼 하고 나자, 요가매트를 말아 사물함에 넣는다. 선반에서 흰 타월과 세면도구가 든 비닐가방을 꺼내 세면실로 간다. 웃통을 벗은 채 비누로 세수하고, 타월로 얼굴을 닦고, 그뒤 몸의 땀을 닦는다. 하나하나 꼼꼼한 동작이다. 세면실 문을 열어놓은 터라 스카를라티의 아리아가 여기서도 들린다. 그는 17세기에 작곡된 음악에 맞춰 이따금 허밍을 한다. 세면도구 가방에서 조그만 병에 든 데오도런트를 꺼내 겨드랑이 밑에 가볍게 스프레이한다. 얼굴을 갖다대어 냄새를 확인한다. 그뒤 오른손을 몇 번 쥐었다 폈다 하며 몇몇 움직임을 확인한다. 손등의 부기를 확인한다. 부기는 눈에 띌 정도는 아니다. 하지만 아픔은 적잖이 남아 있는 듯하다.

가방에서 작은 헤어브러시를 꺼내 머리를 가다듬는다. 헤어라인이 꽤 후퇴했지만, 이마가 번듯한 터라 뭔가가 감퇴했다는 인상은 없다. 안경을 쓴다. 셔츠 단추를 잠그고 넥타이를 맨다. 옅은 회색 셔츠에 감색 페이즐리 무늬 넥타이. 거울을 보며 셔츠 칼라를 바로

잡고 넥타이의 딤플을 정돈한다.

시라카와는 세면실 거울에 비친 자신의 얼굴을 점검한다. 얼굴 근육을 움직이지 않은 채 오랫동안 엄격한 시선으로 자신을 응시한다. 두 손은 세면대 위에 놓여 있다. 숨을 멈추고, 눈도 깜박이지 않는다. 그러고 있으면 뭔가 **다른 것**이 출현하지 않을까 하는 기대가 그의 마음속에 있다. 모든 감각을 객체화하고, 의식을 평탄하게 고르고, 논리를 일시적으로 동결해, 시간의 진행을 조금이라도 막는다. 그것이 그가 하려는 일이다. 자신이라는 존재를 가능한 한 배경에 융화하는 것. 모든 것을 중립적인 정물화처럼 보이게 하는 것.

하지만 아무리 기척을 죽여도 **다른 것**은 출현하지 않는다. 거울에 비친 그의 모습은 현실과 똑같은 그의 모습일 뿐이다. 있는 그대로 반영된 모습일 뿐이다. 그는 단념하고 숨을 깊이 들이쉬어 폐부에 새로운 공기를 채우고 태세를 바로잡는다. 근육의 힘을 풀고 고개를 몇 번 크게 돌린다. 그뒤 세면대에 꺼내놓았던 물건들을 다시 비닐가방에 넣는다. 몸을 닦은 수건을 구깃구깃 뭉쳐 쓰레기통에 버린다. 나가면서 세면실 불을 끈다. 문이 닫힌다.

시라카와가 나간 뒤로도 우리 시점은 세면실에 남아 고정된 카메라로서 어두운 거울을 계속해서 비춘다. 거울 속에는 시라카와의 모습이 여전히 남아 있다. 시라카와는—아니면 시라카와의 상像이라고 해야 할까— 거울 속에서 이쪽을 보고 있다. 표정을 바꾸지 않고, 움직이지도 않는다. 그저 이쪽을 똑바로 응시하고 있다. 하지만 이윽고 포기한 것처럼 몸의 근육을 이완하고 숨을 크게 쉬고는 목을 돌린다. 그뒤 얼굴에 손을 가져가 빰을 몇 번 쓰다듬는다. 육체의 감촉이 느껴지는지 확인하듯.

시라카와는 책상 앞에서 뭔가를 생각하며 이름을 넣은 은색 연필을 손가락 사이에 끼고 빙글빙글 돌린다. 아사이 에리가 잠에서 깨어난 방에 떨어져 있던 것과 같은 연필이다. veritech라는 이름이 쓰여 있다. 끄트머리가 뭉툭하다. 얼마 동안 연필을 만지작거리다가 트레이 옆에 내려놓는다. 트레이 위에 같은 연필 여섯 자루가 나란히 놓여 있다. 다른 연필은 더없이 뾰족하다.

그는 퇴근 준비를 시작한다. 집에 가져갈 서류를 갈색 가죽가방에 넣고 양복 재킷을 입는다. 세면도구 가방을 사물함에 도로 넣고, 그 옆 바닥에 놓아두었던 커다란 쇼핑백을 자기 책상으로 들고 온다. 의자에 앉아 쇼핑백에 든 것을 하나씩 꺼내 살펴본다. 그가 '알파빌'에서 빼앗은 중국인 창부의 옷가지다.

얇은 크림색 코트, 굽 낮은 빨간 힐. 밑창이 불균형하게 닳았다. 비즈로 장식한 진분홍 라운드넥 스웨터. 수놓은 흰 블라우스. 야한 색조의 분홍 속옷. 척 봐도 화학섬유 같은 싸구려 레이스가 붙었다. 그 옷들이 주는 인상은 섹슈얼하다기보다 서글픈 쪽에 가깝다. 블라우스와 속옷에 거뭇하게 피가 묻었다. 싸구려 손목시계. 검은 인조가죽 핸드백.

시라카와는 그런 물건들을 하나하나 들고 살펴보며 '어째서 이런 게 여기 있는 걸까?' 하는 표정을 짓고 있다. 미량의 불쾌함을 머금은 의아한 얼굴이다. '알파빌' 객실에서 자신이 무슨 일을 했는지 고스란히 기억하고 있다. 잊어버리고 싶어도 오른손의 통증이 기억나게 해줄 터다. 그런데도 그곳에 있는 모든 사물은 그의 눈에 정당한 의미를 거의 갖지 못하는 물건으로 비친다. 무가치한 폐기물. 원래 그의 생활에 침입하면 안 되는 종류의 물건들이다. 그래도 그는 감정을 담지 않고, 그러면서도 꼼꼼하게 작업을 계속한다. 가까운 과거의 초라한 유적을 발굴한다.

그는 고리를 벗겨 핸드백 안에 든 것을 모조리 책상 위에 쏟는다. 손수건에 티슈, 콤팩트, 립스틱, 아이라이너, 그밖에 자질구레한 화장품 몇 가지. 목사탕. 바셀린 작은 병과 콘돔 봉지. 탐폰 두 개. 치한 퇴치용 소형 최루가스 스프레이(시라카와에게는 다행스럽게도 그녀는 그것을 핸드백에서 꺼낼 여유가 없었다). 싸구려 귀걸이. 일회용 반창고. 알약 몇 알이 든 휴대용 약통. 갈색 가죽지갑. 지갑 안에는 그가 처음에 준 만 엔 지폐가 석 장, 그리고 천 엔짜리 몇 장과 동전 약간이 들어 있다. 그밖에 전화카드와 지하철카드. 미용실 할인권. 신분 증명이 될 만한 것은 아무것도 없다. 시라카와는 잠시 망설이다가 돈을 빼서 바지 주머니에 넣는다. 원래 자신이 준 돈이다. 도로 가져가는 것뿐이다.

핸드백 안에는 조그만 폴더식 휴대전화도 들어 있다. 선불제 휴대전화다. 주인을 밝혀내지 못할 것이다. 전화는 음성사서함으로 설정되어 있다. 그는 전원을 켜고 재생 버튼을 누른다. 메시지는 몇 건 녹음되어 있지만 전부 중국어 메시지다. 똑같은 남자 목소리. 빠른 말투로 야단치는 것처럼 들린다. 메시지 자체는 짧다. 물론 그는 내용을 이해할 수 없다. 그래도 어쨌든 녹음된 메시지를 전부 끝까지 듣고 나서 음성사서함 기능을 끈다.

어디선가 종이 쓰레기봉투를 가져와서 휴대전화를 제외한 물건을 죄다 버리고 조그맣게 우그러뜨려 아가리를 꽉 묶는다. 그것을 비닐 쓰레기봉투에 넣고 바람을 완전히 뺀 다음 또 아가리를 묶는다. 휴대전화만은 다른 물건들과 분리되어 책상 위에 놓여 있다. 그는 전화기를 집어 얼마 동안 바라보다가 다시 책상 위로 돌려놓는다. 어떻게 처분하면 좋을지 생각하는 것 같다. 어딘가 쓸데가 있을지도 모른다. 하지만 아직 결론은 나오지 않는다.

시라카와는 시디플레이어를 끄고 책상 맨 아래 깊은 서랍에 넣은 다음 서랍을 잠근다. 손수건으로 안경 렌즈를 꼼꼼히 닦고 나서 사무실 전화로 택시를 부른다. 회사 이름과 자신의 이름을 대고 십 분 뒤 직원용 출입구로 택시 한 대를 보내달라고 한다. 코트 걸이에 걸려 있던 옅은 회색 트렌치코트를 입고, 책상 위에 놓여 있던 여자의 휴대전화를 주머니에 찔러넣는다. 가죽가방과 쓰레기봉투를 들고 문 앞에 서서 사무실 전체를 둘러본 뒤 문제가 없음을 확인하고 나서 불을 끈다. 천장의 형광등이 전부 꺼져도 실내가 캄캄하지는 않다. 가로등이며 간판의 불빛이 블라인드 사이로 비쳐들어 방 안을 어렴풋이 밝힌다. 그는 사무실 문을 닫고 복도로 나온다. 단단한 구둣발 소리를 울리며 복도를 걸으면서 길게 하품한다. 늘 똑같은 하루가 이제야 끝났다는 양.

엘리베이터를 타고 내려온다. 직원용 출입구 문을 열고 밖으로 나와 문을 잠근다. 내뱉는 숨이 하얗다. 얼마 기다리지 않아 택시 한 대가 다가온다. 중년 운전사는 운전석 창문을 열고 시라카와의 이름을 확인한다. 그러더니 시라카와가 든 비닐 쓰레기봉투에 슬쩍 시선을 준다.

"음식물 쓰레기 아니니까 냄새 안 나요." 시라카와는 말한다. "이 근처에 들러서 바로 버리고 갈 거고."

"괜찮습니다. 타시죠." 운전사는 말한다. 문을 연다.

시라카와는 택시에 올라탄다.

운전사는 백미러를 향해 말을 건다. "손님, 실례지만 전에도 타신 적이 있죠? 그때도 비슷한 시간에 여기로 모시러 온 적이 있는데요. 그게, 음, 댁이 에코다 쪽이셨던가요?"

"데쓰가쿠도." 시라카와는 말한다.

"맞다, 데쓰가쿠도였죠. 오늘도 그쪽으로 모시면 될까요?"

"그래요. 되고 말고 할 것도 없어요. 어차피 갈 데가 거기밖에 없으니까."

"돌아갈 곳이 하나로 정해져 있으면 편리하고 좋죠." 운전사는 그렇게 말하고는 차를 출발시킨다. "그나저나 늘 이런 늦은 시간까지 일하다니 힘드시겠습니다."

"불경기라 월급은 안 오르고 야근만 자꾸 느는군요."

"저희도 다르지 않습니다. 일하는 시간을 늘려서 모자란 벌이를 충당해야 하죠. 그렇지만 야근한다고 회사에서 택시비를 주니까 손님은 그나마 나은 겁니다. 정말로요."

"이런 시간까지 일 시켜놓고 택시비도 안 주면 집에 어떻게 갑니까." 시라카와는 쓴웃음을 짓는다.

그는 그뒤 문득 생각난다. "……아, 그렇지. 잊어버릴 뻔했군. 저기 교차로에서 우회전해서 세븐일레븐 앞에 잠깐 세워줘요. 집사람이 사오라고 한 게 있어서요. 금방 끝날 겁니다."

운전사는 백미러를 향해 말한다. "손님, 저기서 우회전하면 일방통행이라 좀 돌아가게 되는데요. 가시는 길에 다른 편의점도 몇 개 있는데, 그쪽은 안 되십니까?"

"사야 할 게 아마 거기서만 팔 겁니다. 쓰레기도 얼른 버리고 싶고.”

“그러죠, 뭐. 전 상관없습니다. 요금이 더 많이 나올 수도 있으니까 미리 여쭤본 것뿐입니다.”

운전사는 교차로에서 오른쪽으로 꺾어 잠시 가다가 적당한 장소에서 차를 세우고 문을 열어준다. 시라카와는 가방을 시트에 둔 채 쓰레기봉투를 들고 내린다. 세븐일레븐 앞에 쓰레기봉투가 몇 개 쌓여 있다. 그는 들고 있던 쓰레기봉투를 그 위에 올려놓는다. 그것은 똑같이 생긴 여러 비닐봉투에 섞여 순식간에 특징을 잃는다. 아침이 오면 수거차가 와서 처리해줄 것이다. 음식물이 든 게 아니니까 까마귀가 봉투를 찢을 염려도 없을 것이다. 그는 마지막으로 한 번 더 쓰레기봉투 무더기에 눈을 준 뒤 안으로 들어갔다.

편의점 안에 다른 손님은 보이지 않는다. 계산대에 선 젊은 남자는 휴대전화로 통화하느라 여념이 없다. 서던 올 스타스의 신곡이 나오고 있다. 시라카와는 우유가 진열된 냉장 쇼케이스로 곧장 다가가 다카나시 저지방우유 팩을 집는다. 권장 소비기한 날짜를 확인한다. 문제없다. 온 김에 큰 플라스틱 용기에 든 요구르트도 산다. 그러더니 퍼뜩 생각나 코트 주머니에서 중국 여자의 휴대전화를 꺼낸다. 주위를 둘러보고 아무도 보지 않는 것을 확인한 뒤 치즈 상자 옆에 놓는다. 조그만 은색 전화기는 신기할 정도로 그곳에 자연히 어우러진다. 꼭 아주 오래전부터 그곳에 있었던 것 같다. 전화기는 시라카와의 손을 떠나 세븐일레븐의 일부가 된다.

계산을 마치고 서둘러 택시로 돌아온다.

"필요한 건 사셨습니까?" 운전사는 묻는다.

"네." 시라카와는 대답한다.

"그럼 이제 데쓰가쿠도로 갑니다."

"잠깐 눈 좀 붙일지도 모르니까 근처까지 가면 깨워줘요." 시라카와는 말한다. "도로변에 쇼와 셸 주유소가 있고, 거기서 좀더 가면 됩니다."

"알겠습니다. 편히 쉬세요."

시라카와는 우유와 요구르트가 든 비닐봉투를 가방 옆에 놓고 팔짱을 낀 자세로 눈을 감는다. 아마 잠은 오지 않을 것이다. 하지만 집에 도착할 때까지 이대로 운전사와 잡담을 계속하고 싶지 않다. 그는 눈을 감은 채 뭔가 신경에 거슬리지 않는 것을 생각하려고 한다. 일상적인 것, 깊은 의미가 없는 것, 또는 순수히 관념적인 것. 하지만 아무것도 생각나지 않는다. 공백 속에 그저 오른손의 무딘 아픔만이 느껴진다. 심장 고동에 맞춰 욱신거리며 해명海鳴처럼 귀에 울린다. 이상한 일이다, 하고 그는 생각한다. 바다는 아주 멀리 있는데.

시라카와가 탄 택시는 얼마 동안 가다가 신호등 앞에 멈춰선다. 큰 교차로라 빨간 신호등이 길다. 중국인 남자가 탄 검은 혼다 오토바이가 택시 옆에서 역시 신호등이 바뀌기를 기다리고 있다. 두 사람은 겨우 1미터가량 떨어져 있을 뿐이다. 하지만 오토바이를 탄 남자는 앞만 똑바로 바라보느라 시라카와를 알아차리지 못한다. 시라카와는 좌석에 몸을 깊이 파묻고 눈을 감고 있다. 아득히 먼 가공架空의 해명에 귀를 기울이고 있다. 신호등이 녹색으로 바뀌고, 오토바이는 앞으로 슥 나서서 직진한다. 택시는 시라카와가 깨지 않도록 조용히 출발해 좌회전해서 시내를 벗어난다.

애프터
다크

13

AM 04:09

인적 없는 심야의 공원에서 마리와 다카하시가 두 대의 그네에 나란히 앉아 있다. 다카하시는 마리의 옆얼굴을 보고 있다. 이해가 잘 안 된다는 표정이 그의 얼굴에 떠올라 있다. 조금 전 대화가 이어진다.

"깨려고 하질 않아?"

마리는 아무 말도 하지 않는다.

"그게 무슨 뜻이지?" 그는 묻는다.

마리는 결심이 서지 않는 양 잠자코 발치를 내려다보고 있다. 아직 이야기할 준비가 되지 않은 것이다.

"……우리 잠깐 걷지 않을래?" 마리는 말한다.

"그래, 좋아. 걷자. 걷는 건 좋은 일이야. 천천히 걸어라, 물을 많이 마셔라."

"그게 뭐야?"

"내 인생의 좌우명. 천천히 걸어라, 물을 많이 마셔라."

마리는 그를 본다. 기묘한 좌우명이다. 하지만 딱히 감상을 말하지 않고, 질문도 하지 않는다. 그녀는 그네에서 일어나 걸음을 떼고, 다카하시도 뒤를 따른다. 두 사람은 공원에서 나와 환한 거리 쪽으로 향한다.

"'스카이락'에 다시 갈 거야?" 다카하시는 묻는다.

마리는 고개를 흔든다. "패밀리레스토랑에 죽치고 앉아서 책 읽기도 이제 진력나는 것 같아."

"무슨 말인지 알 듯해." 다카하시는 말한다.

"가능하면 '알파빌'에 한 번 더 가보고 싶은데."

"내가 데려다주지. 어차피 연습장 근처니까."

"가오루 씨가 언제든지 와도 된다고 했는데, 폐가 되진 않을까?" 마리는 말한다.

다카하시는 고개를 내젓는다. "말씨는 험하지만 정직한 사람이야. 그 사람이 언제든지 와도 된다고 했으면 정말 언제든지 가도 된다는 뜻이야. 말 그대로 받아들여도 돼."

"응."

"게다가 거기, 어차피 이 시간대엔 꽤 한가하거든. 네가 놀러가면 좋아할걸."

"넌 밴드 연습하러 가야 하지?"

다카하시는 손목시계를 본다. "올나이트 연습에 참가하는 것도 이번이 아마 마지막일 테니까, 좀더 있으면서 신나게 즐겨볼까 해."

두 사람은 번화가로 돌아온다. 이 시간쯤 되니 길 가는 사람들도 거의 보이지 않는다. 새벽 4시, 도시가 가장 한산한 시간대다. 길바닥에 온갖 물건이 굴러다닌다. 알루미늄 맥주캔. 발자국이 찍힌 석간 신문지. 우그러진 상자. 페트병. 담배꽁초. 자동차 미등의 파편. 목장갑 한 짝. 뭔가의 할인권. 구토한 흔적도 있다. 크고 꾀죄죄한 한 고양이가 열심히 쓰레기봉투 냄새를 맡고 있다. 쥐들이 파헤치기 전에, 그리고 날이 밝아 사나운 까마귀들이 먹이를 찾으러 오기 전에 자신들의 몫을 확보하려는 것이다. 네온사인도 절반 이상 꺼지고, 이십사 시간 영업을 하는 편의점의 불빛이 눈에 띈다. 주차된 차의 와이퍼에 광고지가 여러 장씩 난잡하게 끼워져 있다. 대형 트럭이 근처 간선도로를 지나가는 소리가 쉴 새 없이 들려온다. 트럭 운전사들에게는 도로가 텅텅 빈 지금이 거리를 벌어놓을 수 있는 가장 좋은 시간대다. 마리는 레드삭스 모자를 깊이 눌러쓰고, 두 손을 야구점퍼 주머니에 찔러넣었다. 나란히 걸으니 두 사람은 키 차이가 꽤 난다.

"왜 레드삭스 모자를 쓰는 거야?" 다카하시는 질문한다.

"누가 줬어." 마리는 말한다.

"레드삭스 팬인 건 아니구나."

"야구 전혀 몰라."

"나도 야구에 별로 관심 없어. 굳이 따지자면 축구 팬이지." 다카하시는 말한다. "그래서 너희 언니 말인데. 아까 하던 이야기."

"응."

"잘 이해가 안 되는데, 그러니까 아사이 에리는 잠에서 전혀 깨지 않는다는 거야?" 다카하시는 질문한다.

마리는 그를 올려다보듯 하며 말한다. "미안하지만 그 이야기, 이런 식으로 걸으면서 하고 싶지 않아. 미묘한 문제이기도 하고."

"알았어."

"딴 이야기 하자."

"어떤 이야기?"

"뭐든 상관없어. 네 이야기 해줘." 마리는 말한다.

"내 이야기?"

"응. 너에 관한 이야기."

다카하시는 잠시 생각한다.

"밝은 화제는 생각 안 나는데."

"어두워도 괜찮아."

"어머니는 내가 일곱 살 때 돌아가셨어." 그는 말한다. "유방암으로. 발견이 늦어서 암인 걸 알고 나서 석 달 만에 죽었지. 눈 깜짝할 새더라. 진행이 빨라서 제대로 치료받을 겨를도 없었어. 그 전후에 아버지는 줄곧 교도소에 있었어. 아까도 말했지만."

마리는 또 다카하시를 올려다본다.

"네가 일곱 살 때 어머니가 유방암으로 돌아가시고 아버지는 그동안 교도소에 계셨다고?"

"그런 거지." 다카하시는 말한다.

"바꿔 말하면 외톨이가 됐던 거네?"

"그래. 아버지는 사기죄로 체포돼서 징역 이 년을 선고받았어. 다단계 판매였던가, 그런 불법적인 일을 한 모양이야. 피해액이 비교적 큰 데다가, 젊었을 때 학생운동에 가담해서 그때 체포된 적이 몇 번 있었던 것 때문에 집행유예를 못 받았어. 조직의 자금책이라고 의심을 받은 거지. 사실은 상관없었는데 말이지. 어머니를 따라 교도소로 면회 갔던 게 기억나. 참 추운 곳이더라. 아버지가 교도소에 들어가고 반년쯤 지난 뒤에 어머니가 유방암 진단을 받아서 바로 입원하게 됐어. 요컨대 난 일시적으로 고아가 됐던 셈이야. 아버지는 교도소, 어머니는 병원."

"그땐 누가 널 돌봐줬어?"

"나중에 듣기로 입원비랑 생활비는 친가에서 마련해줬던 모양이야. 아버지는 자기 가족이랑 사이가 안 좋아서 오랫동안 절연 상태로 지냈는데, 아무리 그래도 일곱 살 먹은 어린애를 못 본 척할 순 없으니 말이지. 친척 아줌마가 마지못해 이틀에 한 번씩 와줬어. 동네 사람들도 교대로 돌봐줬고. 빨래도 해주고, 장도 봐주고, 음식도 갖다주고. 우리는 그때 시타마치에도시대 도쿄 동쪽 저지대에 발달한 상공업지역에 살았는데, 그래서 다행이었는지도 몰라. 그 동네는 아직 **이웃사촌** 같은 게 기능하니까. 그렇지만 대부분의 일은 내 힘으로 했던 것 같아. 알아서 간단한 음식을 만들어서 먹고, 준비해서 학교 가고……. 하지만 거기에 관해선 어렴풋한 기억밖에 없어. 꼭 나랑 전혀 상관없는 딴 사람 이야기 같아."

"아버지는 언제 돌아오셨어?"

"어머니가 돌아가시고 나서 석 달쯤 뒤였을까. 사정이 사정이다 보니 조기 가석방을 인정받았어. 당연한 일이지만, 아버지가 돌아와서 기뻤어. 이젠 고아가 아니게 된 거니까. 어쨌거나 크고 힘센 어른이니 말이지. 마음이 놓였어. 집에 돌아왔을 때 아버지는 낡은 트위드재킷을 입고 있었거든. 까끌까끌한 옷감의 감촉이랑 옷에 배어 있던 담배 냄새가 지금도 똑똑히 기억나."

다카하시는 코트 주머니에서 손을 꺼내 목덜미를 몇 번 문지른다.

"그렇지만 아버지하고 재회해도 완전히 안심할 수 없었어. 표현을 잘 못 하겠는데, 내 마음속에서 모든 게 그렇게 깔끔하게 딱 떨어지지 않았어. 뭐랄까, 적당히 거짓말을 치는 게 아닐까 하는 생각이 자꾸만 드는 거야. 진짜 아버지는 영원히 어디론가 사라져버렸고, 그래서 빈자리를 얼버무리려고 딴 사람을 아버지처럼 꾸며서 나한테 보낸 것 같은 느낌. 무슨 말인지 알겠어?"

"막연히." 마리는 말한다.

다카하시는 잠시 입을 다물었다가 이어서 이야기한다.

"그러니까 난 그때 이렇게 느꼈던 거야. 아버지는 그때 **무슨 일이 있어도 날 혼자 두지 말았어야 했다**고. 날 이 세상에서 고아로 만들지 말았어야 했어. 무슨 사정이 있었던 간에 교도소 같은 데 들어가지 말았어야 했어. 물론 당시의 난 교도소란 데가 어떤 곳인지 정확히 이해할 수 없었어. 아직 일곱 살이었으니 말이지. 그렇지만 거기가 커다란 벽장 같은 곳이란 건 대충 알고 있었거든. 어둑어둑하고, 무섭고, 불길한 곳이야. 아버지는 애초에 그런 곳에 가지 말았어야 했어."

다카하시는 거기서 이야기를 그만둔다.

"너희 아버지는 교도소에 들어간 적 있어?"

마리는 고개를 흔든다. "없을걸."

"어머니는?"

"없을 거야."

"운이 좋네. 네 인생을 위해 더없이 기쁜 일이야." 다카하시는 그렇게 말하더니 미소 짓는다 "아마 넌 모르겠지만."

"그런 생각은 안 해봤어."

"보통 사람은 안 해. 난 하고."

마리는 다카하시를 흘깃 본다.

"······그래서 너희 아버지는 그뒤 교도소에 안 가셨어?"

"아버지는 그뒤론 한 번도 법률하고 문제를 일으키지 않았어. 아니, 일으켰을지도 모르지. 사실 분명히 일으켰을 거야. 세계를 똑바로 걸어갈 수 없는 사람이니까. 하지만 또 교도소에 들어갈 만한 험한 일엔 말려들지 않았어. 교도소에 학을 뗐겠지. 아니면 죽은 어머니랑 나한테 아버지 나름대로 개인적인 책임 같은 걸 느꼈을지도 모르고. 아무튼 상당히 회색지대에 위치해 있긴 해도 일단은 건실한 사업가가 됐어. 지금까지 부침을 꽤나 극단적으로 겪어서 우리 집은 어떤 때는 상당한 부자였다가 또 어떤 때는 완전히 가난뱅이 였어. 꼭 매일 롤러코스터를 타는 것 같더라. 운전기사가 딸린 벤츠를 탈 때가 있는가 하면, 자전거 하나 못 살 때도 있었어. 야반도주 같은 것도 해봤다고. 한곳에서 자리잡고 오래 살 수 없으니까 거의 반년마다 전학을 다녀야 했어. 물론 친구도 못 사귀고. 중학교에 들어갈 때까진 대충 그런 식이었어."

애프터
다크

다카하시는 두 손을 코트 주머니에 또다시 찔러넣고 고개를 저어 어두운 기억을 어디론가 밀어낸다.

"그렇지만 지금은 그런대로 **괜찮게** 자리잡았어. 어쨌거나 단카이 세대라 말이지, 끈덕지거든. 믹 재거가 기사 작위를 받는 세대라고. 낭떠러지 직전에서 버텨 살아남아. 반성은 안 해도 교훈은 얻어. 아버지가 지금 어떤 일을 하는지 잘은 몰라. 나도 그런 건 묻지 않고, 저쪽에서도 굳이 설명하지 않아. 어쨌거나 학비만은 꼬박꼬박 주고, 마음 내키면 가끔 용돈도 두둑하게 줘. 세상엔 모르는 편이 나은 것도 있는 거야."

"아버지는 재혼하신 거지?"

"어머니가 죽고 나서 사 년 뒤에. 뭐, 홀아비로 살면서 애를 키울 지고지순한 타입은 아니니까."

"아버지랑 새어머니 사이에 태어난 애는 없어?"

"응, 자식은 나 하나뿐이야. 그런 이유도 있어서 그 사람은 날 정말 자기 친자식처럼 길러줬어. 거기에 대해선 무척 고맙게 생각해. 그러니까 문제는 나한테 있는 거야."

"어떤 문제?"

다카하시는 미소를 지으며 마리를 본다. "그러니까 말이지, 한 번이라도 고아가 된 사람은 죽을 때까지 고아인 거야. 똑같은 꿈을 자주 꿔. 난 일곱 살이고, 또 고아가 됐어. 외톨이에, 의지할 어른은 어디에도 없어. 때는 저녁, 주위는 시시각각 어두워져. 밤이 바로 저기까지 닥쳤어. 늘 똑같은 꿈. 꿈속에서 난 늘 일곱 살로 돌아가 있어. 그런 소프트웨어는 한번 감염되면 교체가 안 되나봐."

마리는 그저 잠자코 있다.

"그렇지만 그런 귀찮은 생각은 보통 때는 안 해." 다카하시는 말한다. "일일이 생각해봤자 소용없으니까. 오늘에서 내일로, 그냥 평범하게 사는 수밖에 없어."

"많이 걷고 물을 천천히 마시면 되는구나."

"그게 아니라." 그는 말한다. "**천천히** 걷고 물을 **많이** 마시는 거야."

"어느 쪽이든 상관없을 것 같은데."

다카하시는 그에 관해 머릿속으로 진지하게 검토한다. "그러게. 그럴지도 모르겠네."

두 사람은 그 이상 아무 말도 하지 않는다. 잠자코 걸음을 옮긴다. 하얀 숨을 뱉으며 어둑어둑한 계단을 올라가 호텔 '알파빌' 앞으로 나온다. 야한 보라색 네온사인이 마리는 이제 반갑게 느껴진다.

다카하시는 호텔 입구 앞에 멈춰서서 전에 없이 진지한 시선으로 마리를 똑바로 바라본다. "너한테 고백할 게 하나 있어."

"뭔데?"

"나도 너랑 똑같은 생각을 하고 있어." 그는 말한다. "하지만 오늘은 안 돼. 속옷이 깨끗하지 않거든."

마리는 기가 막힌다는 듯 고개를 내젓는다. "피곤하니까 그런 무의미한 농담은 안 하면 안 될까."

다카하시는 웃는다. "6시쯤 데리러 올게. 너만 괜찮으면 아침이라도 같이 먹자. 달걀말이가 맛있는 식당이 근처에 있거든. 따끈따끈하고 폭신한 달걀말이…… 있지, 달걀말이에 식품으로서 뭔가 문제가 있을까? 가령 유전자 변형이라든지, 조직적 동물 학대라든지, 정치적으로 부적절하다든지……."

마리는 잠시 생각한다. "정치적인 것까지는 모르겠지만, 닭에 문제가 있으면 당연히 달걀에도 문제가 있지 않을까?"

"이거 난감한걸." 다카하시는 눈살을 찌푸린다. "내가 좋아하는 건 전부 문제를 안고 있는 모양이네."

"달걀말이는 나도 좋아하는데."

"그럼 타협점을 찾아보자." 다카하시는 말한다. "그게 진짜 끝내주게 맛있는 달걀말이거든."

그는 손을 흔들고 연습장으로 간다. 마리는 모자를 고쳐 쓰고 호텔 현관으로 들어간다.

14

AM 04:25

아사이 에리의 방.

텔레비전이 켜져 있다. 파자마 차림의 에리가 텔레비전 화면 안에서 이쪽을 보고 있다. 앞머리가 이마로 내려와 고개를 흔들어 머리카락을 넘긴다. 그녀는 유리에 좌우 손바닥을 딱 붙이고 이쪽을 향해 뭐라 말하고 있다. 수족관의 빈 수조에 실수로 들어가게 된 사람이 두꺼운 유리 너머에서 관람객에게 자신이 처한 곤경을 설명하듯이. 하지만 그녀의 목소리는 우리 귀에 들리지 않는다. 그녀의 목소리는 이쪽 공기를 진동시키지 못한다.

에리는 아직 어딘가 감각이 마비된 것처럼 보인다. 팔다리에 힘이 없는 것 같다. 워낙 오랜 시간 지나치게 푹 잤기 때문일 것이다. 그래도 그녀는 자신이 처한 불가해한 상황을 조금이라도 이해하려고 애쓴다. 혼란에 빠져 당혹하면서도 그곳을 성립시키는 논리와 기준 같은 것을 어떻게든 파악해 소화하려고 온 힘을 다한다. 유리 너머로도 그런 감정이 전해진다.

에리는 소리를 지르는 게 아니다. 뭔가를 격하게 호소하는 것도 아니다. 소리를 지른다든지 호소하는 것에 이미 지친 것 같다. 그녀의 목소리는 어차피 이쪽에 들리지 못하거니와, 본인도 그것을 알고 있다.

그녀가 지금 하려는 일은 자신의 눈이 그곳에서 보고 자신의 감각이 그곳에서 느끼는 바를 조금이라도 적절하고 알기 쉬운 말로 바꾸는 것이다. 말의 절반은 우리에게, 나머지 절반은 자기 자신에게 하는 것이다. 물론 간단한 일은 아니다. 입술은 완만하게, 쉬엄쉬엄 움직일 뿐이다. 마치 외국어를 할 때처럼 모든 문장이 짤막하고 말과 말 사이에 불균일한 공백이 발생한다. 그곳에 존재하고 있을 의미를 공백이 잡아늘여 희석시킨다. 이쪽에 있는 우리는 눈을 크게 뜨고 열심히 보려 하지만, 아사이 에리의 입술이 형성하는 말과 그녀의 입술이 형성하는 침묵을 분간하는 것조차 쉽지 않다. 리얼리티는 모래시계의 모래처럼 그녀의 가느다란 열 손가락 사이로 샌다. 그곳에서 시간은 그녀를 편들어주지 않는다.

그녀는 이윽고 바깥을 향해 이야기하는 것에도 지쳐 체념한 양 입을 다문다. 그곳에 자리하는 침묵 위에 새로운 침묵이 포개진다. 이어서 그녀는 주먹으로 유리를 가볍게 톡톡 쳐본다. 할 수 있는 일을 모조리 해보려고. 하지만 그 소리도 이쪽으로 전혀 전달되지 않는다.

보아하니 에리의 눈에는 텔레비전 화면 너머로 이쪽 정경이 보이는 모양이다. 시선의 움직임으로 알겠다. 그녀는 (이쪽) 자기 방에 있는 물건을 하나하나 눈으로 좇는 것 같다. 책상과 침대, 책꽂이를. 그 방은 그녀의 장소며, 본래 그녀는 그곳에 속해야 한다. 그곳에 놓인 침대에서 안락하게 자고 있어야 한다. 그런데 지금의 그녀는 투명한 유리벽을 통과해 이쪽으로 돌아오지 못한다. 뭔가의 작용에 의해, 또는 뭔가의 의도에 의해 자는 사이 저쪽 방으로 옮겨져 엄중히 유폐되고 말았다. 그녀의 두 눈동자는 잔잔한 호수에 비친 회색 구름처럼 고독한 빛을 띠고 있다.

유감스럽게도(라고 말해야 할 것이다) 아사이 에리에게 우리가 해줄 수 있는 일은 아무것도 없다. 앞에서도 말했지만 우리는 한낱 시점에 불과하다. 어떤 형태로든 상황에 관여하지 못한다.

그나저나—라고 우리는 생각한다— 얼굴 없는 남자는 대체 누구였을까? 그는 아사이 에리에게 무슨 일을 한 걸까? 그리고 어디로 간 걸까?

대답을 얻지 못한 채, 텔레비전 화면이 갑자기 불안정해진다. 전

파가 휘청 흔들린다. 아사이 에리의 윤곽이 부옇게 흐려져 가늘게 떨린다. 그녀는 자신의 몸에 이변이 생긴 것을 알아차리고 고개를 돌려 주위를 둘러본다. 천장을 올려다보고, 바닥을 내려다보고, 그러더니 자신의 흔들리는 두 손을 바라본다. 선명함을 잃어가는 윤곽을 응시한다. 그녀의 얼굴에 불안한 빛이 떠오른다. 대체 무슨 일이 일어나려는 걸까? 귀에 거슬리는 지이이익 하는 잡음이 강해진다. 어느 먼 언덕에 또 센 바람이 불기 시작한 모양이다. 두 세계를 연결하는 회선의 접속점이 거세게 흔들리고 있다. 그로 인해 그녀의 존재 또한 윤곽을 잃으려 하고 있다. 실체의 의미가 침식되고 있다.

 "도망쳐." 우리는 큰 소리로 부르짖는다. 중립을 지켜야 한다는 규칙을 저도 모르게 잊는다. 우리 목소리는 물론 그녀에게 들리지 않는다. 하지만 에리는 스스로 위험을 감지하고 그곳에서 도망치려 한다. 서둘러 어디론가 간다. 십중팔구 문 쪽으로. 에리의 모습이 카메라의 시야에서 사라진다. 영상은 급속히 명료함을 잃고 물렁하게 일그러져 형태가 허물어진다. 브라운관의 빛이 점차 희미해진다. 작은 창 형태로 네모나게 축소되어 마지막에는 완전히 소멸된다. 온갖 정보는 무無가 되고, 장소는 철수되고, 의미는 해체되고, 세계는 분리되어, 감각이 없는 침묵만 남는다.

 다른 장소의 다른 시계. 벽에 걸린 둥근 전자시계다. 바늘은 4시

31분을 가리킨다. 시라카와의 집 부엌이다. 시라카와는 셔츠 맨 위 단추를 끄르고 넥타이를 늦춘 모습으로 식탁에 혼자 앉아 플레인요구르트를 스푼으로 떠먹고 있다. 그릇에 덜지 않고 플라스틱 용기에서 바로 떠먹고 있다.

그는 부엌에 놓인 소형 텔레비전을 보고 있다. 요구르트 용기 옆에 리모컨이 있다. 텔레비전 화면에는 바닷속 영상이 나오고 있다. 기묘한 생김새의 다양한 심해 생물. 못생긴 것, 아름다운 것. 잡아먹는 것, 잡아먹히는 것. 하이테크 기재를 실은 소형 연구용 잠수정. 강력한 투광기, 정밀한 매직핸드. 〈심해 생물들〉이라는 다큐멘터리 프로그램이다. 음성은 꺼놓았다. 그는 요구르트를 먹으며 무표정하게 텔레비전 화면의 움직임을 좇고 있다. 그러나 그의 머리는 그것과 다른 문제를 생각하고 있다. 논리와 작용의 상관관계에 관해 사고하고 있다. 논리가 작용을 파생적으로 야기하는가, 아니면 작용이 논리를 결과적으로 야기하는가? 그의 눈은 텔레비전 화면을 향하고 있지만, 사실은 화면 속 저 깊은 곳을 보고 있다. 1킬로미터고 2킬로미터고 들어간 곳에 있는 뭔가를.

그는 벽시계에 눈을 준다. 바늘은 4시 33분을 가리키고 있다. 초침은 문자판 위를 매끄럽게 회전하고 있다. 세계는 끊김 없이 연속적으로 나아간다. 논리와 작용은 빈틈없이 연동하고 있다. 적어도 지금은.

애프터
다크

15

AM 04:33

텔레비전 화면은 〈심해 생물들〉을 비추고 있다. 하지만 시라카와의 집 텔레비전이 아니다. 화면이 훨씬 크다. 호텔 '알파빌'의 객실에 있는 텔레비전이다. 마리와 고오로기가 둘이서 막연히 그것을 보고 있다. 두 사람은 각각 일인용 의자에 앉아 있다. 마리는 안경을 썼다. 야구점퍼와 숄더백은 바닥에 내려놓았다. 고오로기는 심각한 표정으로 〈심해 생물들〉을 보다가 이내 흥미를 잃고 리모컨으로 채널을 연달아 바꾼다. 하지만 이른 아침이라 딱히 재미있는 프로그램이 없다. 포기하고 텔레비전을 끈다.

고오로기는 말한다. "졸리지 않아? 잠깐이라도 누워서 눈을 붙여

봐. 가오루 씨도 아까부터 당직실에서 자고 있겠다."

"아직 별로 안 졸려요." 마리는 말한다.

"그럼 따뜻한 차라도 마실래?" 고오로기는 묻는다.

"폐를 끼치는 거 아니에요?"

"차 같은 거야 얼마든지 있으니까 사양할 거 없어."

고오로기는 보온 포트의 물과 티백으로 녹차를 두 잔 우린다.

"고오로기 씨는 몇 시까지 일하세요?"

"고무기랑 같이 밤 10시부터 아침 10시까지. 숙박 손님이 나가면 방 청소를 하고 나서 끝. 중간에 잠깐 눈을 붙이지만."

"여기서 일하신 지 오래됐어요?"

"한 일 년 반 됐나. 이런 일은 한곳에서 그렇게 오래할 수 있는 게 아닌데 말이지."

마리는 잠시 침묵했다가 질문한다. "저, 좀 개인적인 걸 물어봐도 돼요?"

"괜찮아. 대답하기 곤란한 것도 있을지 모르지만."

"마음 상하지 않아요?"

"응, 안 상해."

"고오로기 씨는 본명을 버렸다고 했죠?"

"응, 그랬지."

"왜 본명을 버린 건데요?"

고오로기는 티백을 꺼내 재떨이에 버리고 마리 앞에 찻종을 놓는다.

"그건 말이지, 본명을 쓰면 위험하니까. 이런저런 사정이 있어서 말이야. 뭐, 까놓고 말하자면 도망 다니는 중이거든. **모 방면**을 피해서."

고오로기는 자신의 차를 한 모금 마신다.

"넌 아마 모르겠지만, 만약 작정하고 뭔가를 피해 도망칠 거면, 러브호텔 종업원이란 게 이게 꽤 편리한 직업이야. 그야 료칸에서 일하는 게 돈은 더 많이 벌지. 손님한테 팁을 받을 수 있으니까. 그렇지만 그런 데서 일하면 역시 남들 앞에 얼굴을 드러내야 하잖아? 이야기도 해야 하고. 그 점에서 러브호텔 종업원은 일일이 얼굴을 보일 필요 없거든. 어두운 곳에 숨어서 일할 수 있어. 지낼 데도 제공받고. 게다가 이력서를 가져오라느니, 보증인이 필요하다느니 까다롭게 굴지도 않고. 이름도 '본명은 말씀드리기 곤란한데요'라고 하면 '그럼 고오로기라고 하지 뭐' 하고 넘어가는 거야. 일손이 부족하니까. 그러니까 이 업계엔 뒤가 구린 사람들이 꽤 많아."

"그래서 한곳에 오래 있을 수 없는 건가요?"

"그렇지. 부단하게 장소를 바꿔. 홋카이도에서 오키나와까지 러브호텔이 없는 곳은 없으니까 일자리는 얼마든지 있거든. 그렇지만 여기는 편안하고 가오루 씨도 좋은 사람이니까 나도 모르게 오래 있게 되네."

"도망 다니는 거 오래됐어요?"

"응, 이제 좀 있으면 삼 년 되려나."

"계속 이런 일을 하면서요?"

"그래. 여기저기서."

"고오로기 씨가 도망 다니는 상대, 무서워요?"

"그야 무섭지. 엄청 무서워. 그렇지만 그 이상은 묻지 마. 나도 이 이야기는 되도록 안 하려고 하니까."

두 사람은 얼마 동안 침묵한다. 마리는 차를 마시고, 고오로기는 아무것도 비추지 않는 텔레비전 화면을 바라보고 있다.

"그전엔 어떤 일을 했어요?" 마리는 묻는다. "그런 식으로 도망 다니기 전에는요?"

"그전엔 평범한 회사원이었어. 고등학교 나와서 오사카에서 그래도 이름 있는 상사商社에 들어가서 오전 9시부터 오후 5시까지 유니폼 입고 일했어. 너랑 비슷한 나이일 때. 고베 지진이 일어났을 무렵 이야기야. 지금 생각하면 어쩐지 꿈같지만. 그러다가…… 어떤 계기가 있었어. 아주 작은 계기가. 처음엔 별일 아닌 줄 알았어. 그런데 문득 정신이 들고 보니까 옴짝달싹 못할 상황에 이르렀더라고. 앞으로 나갈 수도 없고, 뒤로 물러날 수도 없고. 그래서 직장도 버리고, 부모도 버리고."

마리는 잠자코 고오로기를 보고 있다.

"음, 미안, 넌 이름이 뭐랬지?" 고오로기는 묻는다.

"마리예요."

"마리. 우리가 서 있는 지면은 말이지, 단단해 보이지만 조금만 무슨 일이 있으면 밑이 쑥 꺼지고 그래. 한번 꺼지면 그걸로 끝장이야. 두 번 다시 원상태로 돌아오지 못해. 저 아래 어둑어둑한 세계에서 혼자 살아가는 수밖에 없어."

고오로기는 자신이 한 말을 생각해보더니 반성하듯 조용히 고개를 내저었다.

"아니, 물론 그냥 내가 인간으로서 약했기 때문일 수도 있어. 약했기 때문에 상황에 질질 끌려다닌 거야. 어느 지점에서 알아차리고 정신 차려서 버텼어야 하는데 그러지 못했어. 너한테 잘난 척하면서 훈계할 자격은 없지만······."

"발견되면 어떻게 되는 거예요? 고오로기 씨를 추적하는 사람들한테."

"글쎄, 어떻게 될까." 고오로기는 말한다. "잘 모르겠는걸. 별로 생각하고 싶지 않은데."

마리는 말이 없다. 고오로기는 텔레비전 리모컨을 집어 이 버튼 저 버튼 누른다. 하지만 텔레비전을 켜는 것은 아니다.

"일 마치고 잠자리에 들 때 말이지, 늘 이런 생각을 해. 이대로 깨지 말았으면 좋겠다고. 그냥 이대로 자게 해달라고. 그럼 이제 아무 생각 안 해도 되잖아. 그런데 꿈을 꾸는 거야. 늘 똑같은 꿈. 한없이, 한없이 쫓기다가 결국 발견돼서, 붙들려서 어디론가 끌려가. 그래서 냉장고 같은 곳에 갇혀서, 문이 탁 닫혀. 거기서 잠이 퍼뜩 깨. 입은 옷은 죄 땀에 흠뻑 젖어 있어. 깨어 있을 때도 쫓기고 잘 때도 꿈에서 쫓기니까 정신적으로 쉴 틈이 없어. 조금이나마 마음을 놓을 수 있는 건, 여기서 차라도 마시면서 가오루 씨나 고무기랑 무해한 잡담을 하고 있을 때뿐……. 그렇지만 말이지, 이런 이야기는 마리, 너한테 처음 한 거야. 가오루 씨한테도 한 적 없고, 고무기한테도 안 했어."

"도망 다닌다는 걸?"

"응. 물론 어렴풋이 눈치는 채고 있겠지만."

두 사람은 얼마 동안 침묵한다.

"내가 한 말 믿어줄래?" 고오로기는 말한다.

"믿어요."

"진짜?"

"그럼요."

"그렇지만 내가 아무렇게나 뻥친 걸 수도 있잖아. 그런 건 알 수 없지 않아? 처음 만난 거겠다."

"고오로기 씨는 거짓말할 사람 같지 않은걸요." 마리는 말한다.

애프터
다크

"그렇게 말해주면 기쁘지만." 고오로기는 말한다. "잠깐 봐줬으면 하는 게 있어."

고오로기는 셔츠 자락을 걷어 등을 내놓는다. 등골을 사이에 두고 좌우대칭으로 각인 같은 것이 찍혀 있다. 새의 발자국을 연상시키는 비스듬한 선 세 개. 인두로 찍은 것 같다. 주위의 피부가 수축되었다. 세찬 고통의 흔적이다. 마리는 그것을 보고 저도 모르게 얼굴을 찡그린다.

"이건 말이지, 내가 당한 일의 일부." 고오로기는 말한다. "표시를 해놓은 거야. 이거 말고도 더 있어. 보여줄 수 없는 곳에. 거짓말 아니야."

"너무해요."

"이건 아무한테도 보여준 적 없어. 그렇지만 마리 네가 내 이야기를 믿어주면 좋겠거든."

"믿어요."

"뭐랄까, 너한테는 털어놔도 될 것 같더라고. 이유는 모르겠지만……."

고오로기는 셔츠를 내린다. 그러고는 감정을 일단락 짓듯 숨을 크게 쉰다.

"저기요, 고오로기 씨."

"응?"

"저도 아무한테도 안 한 이야기가 있는데, 해도 돼요?"

"그래, 해봐." 고오로기는 말한다.

"저한테 언니가 있어요. 형제는 언니랑 저랑 둘이고, 나이는 두 살 차이 나요."

"응."

"언니가 두 달쯤 전에 '지금부터 얼마 동안 자야겠다'라고 말했어요. 저녁 먹다가 가족 앞에서 선언한 거예요. 그런 말을 들어도 아무도 신경쓰지 않았어요. 아직 7시였지만 언니는 늘 잠이 불규칙했기 때문에 특별히 놀랄 일도 아니었거든요. 우리는 '잘 자'라고 했어요. 언니는 식사에는 손을 거의 안 대고 자기 방으로 가서 침대에 누웠어요. 그 이래로 계속 잠만 자요."

"계속?"

"네." 마리는 말한다.

고오로기는 눈살을 찌푸린다. "한 번도 안 깨고?"

"가끔 일어나긴 하나봐요." 마리는 말한다. "책상에 식사를 놔두면 음식이 줄어들어 있고, 화장실에도 가는 것 같고, 가끔이지만 샤워도 하고 옷도 갈아입어요. 그러니까 생명을 유지하기 위한 최소한의 일은 필요에 맞춰 일어나서 해요. **정말로** 최소한의 일만을. 그렇지만 저도, 다른 식구들도 언니가 일어난 걸 본 적이 없어요. 우리가 가면 언니는 늘 침대에 잠들어 있어요. 가짜로 자는 척하는 게 아니라 진지하게 자고 있는 거예요. 숨소리도 내지 않고, 꼼짝도 하지 않고, 꼭 죽은 사람처럼. 큰 소리로 불러도, 몸을 흔들어봐도 눈을 뜨지 않아요."

"그럼…… 병원엔 가봤고?"

"늘 다니는 병원 의사 선생님이 가끔 와주세요. 가정의 같은 분이라 본격적인 검사 같은 건 못 하지만, 의학적으로 보면 언니는 별달리 이상이 없거든요. 체온도 거의 정상이고요. 맥박이랑 혈압은 꽤 낮지만 문제가 될 정도는 아니에요. 영양도 어쨌든 부족하지 않으니까 주사를 맞을 필요도 없어요. 그냥 숙면하고 있을 뿐. 물론 의식불명 같은 거라면 문제가 심각하겠지만, 가끔 깨어나서 스스로 기본적인 것들을 해결하니까 간병이 필요하지도 않아요. 정신과에도 가봤어요. 하지만 그런 증상으로 선례가 없거든요. 자기 입으로 '얼마 동안 자겠다'고 선언하고 자는 셈이니까, 마음이 그만큼 잠을 필요로 한다면 얼마 동안 푹 자게 내버려둘 수밖에 없지 않느냐고 했어요. 치료를 하더라도 어쨌든 깨서 면담부터 해야 한다고요. 그러니까 그냥 자게 두고 있어요."

"병원에서 정밀검사 같은 것도 안 받고?"

"부모님 입장에선 되도록 좋은 쪽으로 생각하고 싶으신 거예요. 언니는 잘 만큼 자다가 어느 날 아무 일 없었던 것처럼 깨어나서 모든 게 원래대로 돌아오지 않을까, 그런 가능성에 매달리고 계세요.

하지만 전 못 견디겠는걸요. 아니, 그렇다기보다 가끔 견딜 수 없어질 때가 있어요. 이유도 모른 채로 두 달씩이나 잠을 자는 언니랑 한 지붕 밑에서 살고 있다는 게."

"그래서 집을 나와서 밤거리를 떠도는 거야?"

"잠이 잘 안 와요." 마리는 말한다. "자려고 하면 옆방에서 내처 잠만 자는 언니가 머리에 떠올라서. 그게 심해지면 집에 있을 수 없게 돼요."

"두 달…… 길긴 기네."

마리는 말없이 고개를 끄덕인다.

고오로기는 말한다. "저기, 난 물론 자세한 사정은 모르지만, 언니는 마음속에 어떤 커다란 문제를 안고 있는 게 아닐까. 혼자 힘으로는 어떻게도 안 되는 문제를. 그래서 좌우지간 이불 덮고 자야겠다, 일단 현실세계에서 벗어나야겠다, 그렇게 생각한 거야. 그런 마음은 나도 모르지 않거든. 아니, 도무지 남 이야기 같지 않네."

"고오로기 씨는 형제가 있어요?"

"있어. 남동생이 둘."

"친해요?"

"옛날엔." 고오로기는 말한다. "지금은 잘 모르겠어. 오래 안 만났고."

"전 솔직히 말해서 언니에 대해서 잘 몰라요." 마리는 말한다. "언

애프터
다크

니가 매일 어떤 일을 하면서 살았는지, 어떤 생각을 했는지, 어떤 사람들을 만났는지. 고민이 있었는지 아닌지, 그것조차 몰라요. 쌀쌀맞게 들리겠지만, 한 집에서 살아도 언니는 언니대로 바빴고 저는 저대로 바빴고, 자매가 마음을 터놓고 차분히 이야기하는 일은 별로 없었거든요. 사이가 안 좋다거나 그런 건 아니에요. 커서는 싸운 적도 없어요. 그저 저희는 오랫동안 각각 상당히 다르게 살았기 때문에……."

마리는 아무것도 비추지 않는 텔레비전 화면을 바라본다.

고오로기는 말한다. "언니는 어떤 사람이야? 내면적인 걸 잘 모른다면, 표면적인 것만이라도 괜찮으니까 네가 언니에 대해 아는 걸 대충 가르쳐줄래?"

"대학생이에요. 돈 많은 집 여자애들이 다니는 기독교계 사립대. 스물한 살. 사회학 전공이긴 한데, 사회학에 관심 있을 것 같진 않아요. 체면을 생각해서 그럭저럭 괜찮은 대학에 적을 두고 요령 있게 시험을 잘 치르고 있을 뿐. 가끔씩 제가 용돈 받고 리포트를 대신 써줘요. 그리고 잡지 모델 일 하고, 가끔 텔레비전에도 나가고."

"텔레비전? 어떤 프로그램에?"

"별거 아니에요. 그냥 생긋 웃으면서 퀴즈 프로그램 상품을 들어 보여주는 그런 거요. 프로그램이 끝나서 이젠 안 나오지만요. 그리고 작은 광고 몇 편에도 나왔고요. 이삿짐 회사라든지 그런 거."

"예쁘게 생겼나봐."

"다들 그렇게 말해요. 저랑 전혀 안 닮았어요."

"나도 한 번이라도 좋으니까 그런 미인으로 태어나보고 싶네." 고 오로기가 말하더니 짤막하게 한숨을 쉰다.

마리는 잠깐 망설이다가 비밀을 털어놓듯 말한다. "이렇게 말하면 이상하지만…… 잠자는 언니는 정말 예뻐요. 깨어 있을 때보다 더 예쁠지도 몰라요. 꼭 속이 투명하게 비쳐 보이는 것 같아요. 동생인 제가 심장이 두근거릴 만큼."

"잠자는 숲속의 미녀 같네."

"네."

"누가 입맞춤을 하면 눈을 반짝 뜨는구나." 고오로기는 말한다.

"잘되면요." 마리는 말한다.

두 사람은 잠시 침묵한다. 고오로기는 여전히 텔레비전 리모컨을 들고 의미도 없이 괜히 이것저것 누르고 있다. 구급차 사이렌 소리가 멀리서 들려온다.

"있지, 마리 넌 윤회 같은 거 믿어?"

마리는 고개를 흔든다. "아마 안 믿을 거예요."

"내세 같은 건 없다고 생각하는 거야?"

"그런 거에 대해서 깊이 생각해본 적이 없어요. 하지만 내세가 있다고 생각할 이유가 없는 것 같아요."

"죽으면 무無가 있을 뿐이라고?"

"기본적으로는 그렇게 생각해요." 마리는 말한다.

"난 윤회 같은 게 있다고 생각하거든. 아니, 그렇다기보다 그런 게 없으면 너무 무서워. 무라는 게 나한테는 이해가 안 되니까. 이해도 안 되고 상상도 안 돼."

"무라는 건 절대적으로 아무것도 없는 거니까 굳이 이해도 상상도 할 필요가 없지 않을까요?"

"그렇지만 만에 하나 그게 이해라든지 상상이라든지 꼭 필요한 종류의 거라면 어떡해? 너도 죽어본 적은 없잖아? 그런 건 실제로 죽어봐야 아는 걸 수도 있잖아."

"그건 그렇지만요……."

"그런 걸 생각하기 시작하면 슬금슬금 겁이 나." 고오로기는 말한다. "생각만 해도 숨이 턱 막히고 몸이 움츠러들어. 그러느니 차라리 윤회를 믿는 게 더 편하거든. 다음 생에 그 어떤 고약한 걸로 태어난다 해도 최소한 모습을 구체적으로 상상할 순 있잖아. 예를 들면 말이 된 자신이라든지, 달팽이가 된 자신이라든지 말이지. 이 다음번은 틀렸어도 그다음 기회에 희망을 걸 수 있어."

"그렇지만 전 역시 죽고 나면 아무것도 없다는 게 자연스러운 것 같아요." 마리는 말한다.

"그건 말이지, 네가 정신적으로 강해서 그런 게 아닐까?"

"제가요?"

고오로기는 고개를 끄덕인다. "넌 자기 걸 야무지게 갖고 있는 것 같으니까."

마리는 고개를 흔든다. "그렇지 않아요. 전 야무지지 않아요. 어렸을 때 자기자신에 대해서 도무지 자신이 없어서, 주뼛주뼛 남 눈치만 보고, 그래서 학교에서도 애들한테 괴롭힘을 많이 당했어요. 왕따의 표적이 되기 쉬웠던 거예요. 그런 때 느낌이 아직도 제 안에 남아 있어요. 꿈도 자주 꾸고요."

"그렇지만 시간을 들여서 노력해서 그런 걸 조금씩 극복해온 거잖아? 그때의 안 좋은 기억을."

"조금씩." 마리는 그렇게 말하더니 고개를 끄덕인다. "네, 조금씩. 그런 타입이에요. 노력하는 사람."

"혼자서 꾸준히 노력하는. 숲속의 대장장이 아저씨처럼?"

"네."

"그게 가능하다는 건 대단한 일이라고 생각하는데."

"노력하는 게요?"

"노력**할 수 있다**는 게."

"그거 말곤 별다른 장점이 없어도요?"

고오로기는 아무 말도 하지 않고 미소 짓는다.

마리는 고오로기가 한 말에 대해 생각한다. 그리고 말한다.

"시간을 들여서 자기 세계 같은 걸 조금씩 만들어왔다는 자각은 있어요. 혼자서 거기 들어가 있으면 어느 정도 마음이 놓여요. 하지만 그런 세계를 구태여 만들어야 한다는 것 자체가, 제가 상처받기 쉬운 약한 인간이란 뜻 아닌가요? 게다가 그 세계란 것도 다른 사람들이 보면 정말 아무것도 아닌, 보잘것없는 세계라고요. 종이 상자로 지은 집처럼 조금만 센 바람이 불면 어디론가 날려갈 것 같은……."

"애인은 있어?" 고오로기는 질문한다.

마리는 짤막하게 고개를 흔든다.

고오로기는 말한다. "혹시 아직 처녀?"

마리는 얼굴을 붉히며 살짝 고개를 끄덕인다. "네."

"괜찮아. 별로 창피해할 일이 아니니까."

"네."

"좋아하는 사람이 안 생겼어?" 고오로기는 묻는다.

"사귀었던 사람은 있어요. 하지만……."

"어느 정도까진 진전을 해도 끝까지 갈 만큼 좋아하진 않았다?"

"네." 마리는 말한다. "호기심은 물론 있었지만 그런 마음이 도무지 들지 않아서…… 잘은 모르겠지만요."

"괜찮아. 그런 마음이 안 드는데 억지로 할 건 없어. 솔직히 난 지금까지 꽤 많은 남자들이랑 섹스를 했는데, 생각해보면 말이지, 결국 난 무서웠던 거야. 날 안는 사람이 없으면 무서웠고, 누가 날 원하는데 싫다고 똑똑히 말할 수 없었어. 그냥 그것뿐. 그런 식으로 섹스를 해봤자 좋은 일은 아무것도 없었어. 인생을 사는 의미 같은 게 조금조금 줄어들었을 뿐이야. 내가 하는 말 알겠어?"

"아마요."

"그러니까 마리 너도 좋은 사람 만나면 그땐 지금보다 자기한테 훨씬 자신이 생길 거야. 어중간하게 괜히 하면 안 돼. 세상엔 혼자서만 할 수 있는 일도 있고, 둘이서만 할 수 있는 일도 있어. 그걸 잘 조합해가는 게 중요한 거야."

마리는 고개를 끄덕인다.

고오로기는 새끼손가락으로 귓불을 긁는다. "난 안타깝게도 이미 늦었지만 말이지."

"저기요, 고오로기 씨." 마리는 정색하고 말한다.

"응?"

"끝까지 잘 도망칠 수 있으면 좋겠어요."

"가끔 내 그림자랑 경주하는 느낌이 들 때가 있어." 고오로기는 말한다. "그럼 얼마나 빨리 달리든 도망칠 수 있을 리가 없잖아? 자기 그림자를 따돌릴 순 없으니까."

"하지만 사실은 그런 게 아닐 수도 있죠." 마리는 말한다. 잠시 망설이다가 덧붙인다. "어쩌면 자기 그림자가 아니라 전혀 다른 걸 수

애프터
다크

도 있잖아요."

고오로기는 잠시 생각하더니 이윽고 고개를 끄덕인다. "그러네. 어떻게든 끝까지 해내는 수밖에 없지."

고오로기는 손목시계를 보더니 크게 하품하고 나서 일어선다.

"자, 그럼 난 이만 일하러 갈까. 넌 여기서 쉬다가 아침 되면 얼른 집에 가. 알았지?"

"네."

"언니 문제도 분명히 잘 해결될 거야. 내 생각엔 그래. 근거는 없지만."

"고마워요." 마리는 말한다.

"넌 지금은 언니랑 편하지 않은 모양이지만, 그렇지 않을 때도 분명히 있었을 거야. 언니에 대해서 정말로 친근한, 딱 들어맞는 느낌이 들었던 순간을 떠올려봐. 지금 당장은 무리일 수도 있지만 노력하면 틀림없이 기억날 거야. 가족이란 건 어쨌거나 오래 알고 지낸 사이니까, 그런 순간이 언젠가 한 번쯤은 있었을 거거든."

"네." 마리는 말한다.

"난 옛날 생각을 많이 해. 이렇게 일본 전국을 도망 다니게 된 이래로는 특히 더. 기억을 떠올리려고 열심히 노력하다 보면 온갖 기억이 꽤 선명하게 되살아나. 아주 오랫동안 잊고 살았던 일이 우연히 퍼뜩 생각나고 그래. 그게 꽤 재미있어. 인간의 기억이란 게 진짜 꽤나 묘해서, 아무 짝에도 쓸모없을 것 같은 시시한 기억이 서랍에 꽉꽉 들어차 있지 뭐야. 현실적으로 필요한 건 모조리 잊어버리면서 말이지."

고오로기는 텔레비전 리모컨을 여전히 손에 든 채 그 자리에 서있다.

그녀는 말한다. "그래서 생각하는 건데, 인간은 기억을 연료로 해서 사는 게 아닐까? 그게 현실적으로 중요한 기억인지 아닌지 생명을 유지하는 데는 아무래도 상관없는 것 같아. 그냥 연료야. 신문 광고지가 됐든, 철학책이 됐든, 야한 화보사진이 됐든, 만 엔짜리 지폐 다발이 됐든, 불을 지필 때는 그냥 종이쪼가리잖아? 불은 '오오, 이건 칸트잖아'라든지 '이건 요미우리 신문 석간이군'이라든지 '가슴 끝내주네'라든지 생각하면서 타는 게 아니야. 불 입장에선 전부 한낱 종이쪼가리에 불과해. 그거랑 같은 거야. 소중한 기억도, 별로 소중하지 않은 기억도, 아무 짝에도 쓸모가 없는 기억도, 전부 공평하게 그냥 연료."

고오로기는 자신의 말에 대해 고개를 끄덕인다. 그러고는 말을 잇는다.

"그래서 말이지, 만약 그런 연료가 나한테 없었다면, 기억의 서랍 같은 게 내 안에 없었다면, 난 이미 오래전에 반 동강 났을 거야. 어디 궁상맞은 곳에서 무릎을 끌어안고 길바닥에서 죽었을 거라고 생각해. 소중한 거, 시시한 거, 이런저런 기억을 그때그때 서랍에서 꺼낼 수 있으니까 이런 악몽 같은 생활을 하고 있어도 그 나름대로 살아갈 수 있는 거야. 이젠 틀렸다, 더는 못 해먹겠다 싶어도 그럭저럭 고비를 넘길 수 있어."

마리는 의자에 앉은 채 고오로기를 올려다보고 있다.

"그러니까 마리 너도 열심히 머리를 굴려서 이것저것 떠올려봐. 언니에 관해서. 분명히 중요한 연료가 될 테니까. 너 자신한테, 그리고 아마 언니한테도."

마리는 잠자코 고오로기를 보고 있다.

고오로기는 한 번 더 손목시계를 본다. "이제 가야지."

"고마워요, 여러모로." 마리는 말한다.

고오로기는 손을 흔들고 방에서 나간다.

마리는 혼자 남아 방 안을 다시금 둘러본다. 러브호텔에 있는 좁은 객실이다. 창문은 없다. 베니션블라인드를 열어도 움푹 팬 벽이 나타날 뿐이다. 침대만 어울리지 않게 크다. 머리맡에 뭐가 뭔지 알 수 없는 스위치가 잔뜩 붙어 있어 마치 비행기 조종실처럼 보인다. 자동판매기에 든 적나라한 형태의 바이브레이터와 극단적인 모양을 한 컬러풀한 속옷. 그것은 마리에게 낯설고 기묘한 광경이지만, 특별히 적대적인 인상은 들지 않는다. 마리는 그 특이한 방 안에 홀로 있으면서 오히려 보호받는 것처럼 느낀다. 그녀는 자신이 아주 오랜만에 마음이 편하다는 것을 깨닫는다. 의자에 깊숙이 몸을 묻고 눈을 감는다. 그리고 그대로 잠에 빠진다. 짧지만 깊은 잠. 그녀가 오랫동안 원했던 것이다.

16

AM **04:52**

밴드가 심야 연습에 사용하고 있는 창고 같은 지하실. 창문은 없
다. 천장이 높고 배관이 노출되어 있다. 환기 장치가 빈약해서 실내
흡연은 금지다. 밤도 슬슬 끝나가는 지금, 정식 연습은 이미 끝나고
자유로운 형식의 잼 세션이 진행중이다. 방 안에는 다 합해서 열 명
정도 있다. 그중에 여자는 둘. 한 명은 피아노를 치고, 또 한 명은 소
프라노 색소폰을 들고 쉬고 있다. 나머지는 전부 남자다.

전자 피아노와 콘트라베이스와 드럼 트리오를 배경으로 다카하
시가 긴 트롬본 솔로를 불고 있다. 소니 롤린스의 〈소니문 포 투〉.
그렇게 빠르지 않은 템포의 블루스. 나쁘지 않은 연주다. 테크닉보

다 프레이즈를 거듭하는 것으로, 이야기를 풀어나가는 것으로 음악을 들려준다. 사람됨 같은 게 드러나는지도 모른다. 그는 눈을 감고 음악 속에 몸을 담그고 있다. 테너 색소폰과 알토 색소폰과 트럼펫이 이따금 뒤에서 간단한 리프를 넣는다. 참가하지 않는 사람은 연주를 들으며 보온포트에서 커피를 따라 마시고, 악보를 체크하고, 악기를 손질하고 있다. 이따금 솔로 사이사이 성원을 보내기도 한다.

노출된 벽면이라 소리의 반향이 큰 탓에 드럼은 브러시만 쓰다시피 해서 연주하고 있다. 긴 널판과 접는 의자로 급조한 테이블 위에는 테이크아웃 피자 상자와 커피가 든 보온포트, 종이컵 등이 아무렇게나 놓여 있다. 악보와 소형 녹음기, 색소폰 리드 같은 것도 있다. 난방이 없는 것이나 다름없는 터라 다들 코트며 점퍼를 입고 연주하고 있다. 휴식을 취하는 멤버 중에는 목도리를 두르고 장갑을 낀 사람도 있다. 꽤나 기이한 광경이다. 다카하시의 긴 솔로가 끝나고 베이스가 1 코러스 솔로를 연주한다. 그게 끝나자 4 호른의 테마 합주가 이어진다.

곡이 끝나자 십 분간 휴식을 취한다. 긴 연습을 마친 만큼 피곤한지 모두 평소보다 말수가 적다. 각자 스트레칭을 한다든지, 따뜻한 것을 마신다든지, 비스킷 등을 먹는다든지, 밖에 나가 담배를 피운다든지 하면서 다음 곡을 준비한다. 피아노를 치는 머리 긴 여자애만은 휴식시간 중에도 내내 악기 앞에 앉아 몇몇 코드 진행을 시험해본다. 다카하시는 접는 의자에 앉아 악보를 정리하고, 트롬본을 분해해서 속에 괸 침을 버리고 헝겊으로 간단히 닦은 다음 케이스에 넣는다. 다음 연주에 참가할 마음이 없는 모양이다.

베이스를 치던 키 큰 남자가 다가와 다카하시의 어깨를 툭 친다. "아까 솔로 좋더라. 감정이 실렸던걸."

"고마워." 다카하시는 말한다.

"다카하시 씨, 오늘은 이제 끝?" 트럼펫을 불던 머리 긴 남자가 말을 건다.

"응, 일이 좀 있어서." 다카하시는 말한다. "미안하지만 뒷정리 등등 부탁해."

AM 05:00

시라카와의 집 부엌. 시보가 울리고 오전 5시 NHK 뉴스가 시작된다. 아나운서가 정면의 텔레비전 카메라를 향해 진지하게 뉴스를 읽는다. 시라카와는 식탁 앞에 앉아 텔레비전을 작게 틀어놓고 보고 있다. 들릴까 말까 할 정도의 음량이다. 넥타이는 풀어 의자 등받이에 걸쳐놓았고, 셔츠 소매는 팔꿈치까지 걷었다. 요구르트 용기는 비었다. 딱히 뉴스가 보고 싶은 것은 아니다. 관심을 끄는 뉴스는 하나도 없다. 그것은 처음부터 알고 있다. 그는 그저 잠을 잘 수 없을 뿐이다.

그는 식탁 위에 올려놓은 오른손을 몇 차례 천천히 쥐었다 폈다 한다. 그곳에 있는 것은 단순한 통증이 아니라 기억을 내포한 아픔이다. 냉장고에서 녹색 페리에 병을 꺼내 손등에 갖다대고 식힌다. 그러고는 마개를 비틀어 병을 따고 잔에 따라 마신다. 안경을 벗고 눈 주위를 꼼꼼하게 마사지한다. 하지만 잠기운은 찾아오지 않는다. 몸은 명확히 피로를 호소하는데, 그가 잠을 못 자게 가로막는 것이 머릿속에 있다. 뭔가가 걸려 있는 것이다. 그 뭔가를 잘 넘기지 못하겠다. 시라카와는 포기하고 도로 안경을 쓴 다음 텔레비전 화면에 시선을 준다. 철강 수출 덤핑 문제. 급격한 엔고 상황에 대한 정부의 시정 대책. 어머니가 두 어린 자식을 죽이고 자살했다. 차 안에 기름을 뿌리고 불을 질렀다. 시커멓게 탄 자동차의 영상. 아직 연기가 나고 있다. 거리에서는 슬슬 크리스마스 시즌이 시작됐다.

밤은 이제 끝나가지만, 그의 밤은 간단히 끝날 성싶지 않다. 이제 곧 가족이 일어날 것이다. 어떻게든 그전에 잠들고 싶은데.

AM 05:07

호텔 '알파빌'의 한 방. 마리가 일인용 의자에 몸을 깊이 파묻고 앉아 자고 있다. 낮은 유리 테이블 위에 흰 양말을 신은 두 발을 올려놓았다. 안심한 듯한 표정이다. 테이블 위에 절반쯤 읽은 두꺼운 책을 엎어놓았다. 천장의 조명은 끄지 않았다. 하지만 마리는 방이 환한 게 신경쓰이지 않는 듯하다. 텔레비전은 꺼져 침묵을 지키고 있다. 깔끔하게 정돈된 침대. 천장의 에어컨이 단조롭게 웅웅거리는 것 외에는 아무런 소리도 들리지 않는다.

AM 05:09

아사이 에리의 방.

아사이 에리는 어느새 **이쪽**에 와 있다. 자기 방 자기 침대로 돌아와 그곳에서 자고 있다. 얼굴을 천장으로 향하고 누워 꼼짝도 하지 않는다. 숨소리조차 들리지 않는다. 처음 이 방에 왔을 때 우리가 본 것과 똑같은 정경이다. 무게감이 있는 침묵과 어마어마하게 농밀한 잠. 물결 하나 없이 거울처럼 잔잔한 사유의 수면水面. 그녀는 그곳에 반듯한 자세로 떠 있다. 방 안에 어질러진 곳은 보이지 않는다. 텔레비전은 싸늘하게 꺼져 달의 뒷면으로 돌아왔다. 그녀는 그 수수께끼 같은 방에서 무사히 탈출했을까? 문을 여는 데 성공했을까?

아무도 의문에 대답해주지 않는다. 물음표는 허망하게 밤의 마지막 어둠과 쌀쌀맞은 침묵 속으로 빨려든다. 가까스로 알 수 있는 사실은 아사이 에리가 이 방의 자기 침대로 돌아왔다는 것뿐이다. 우리가 보기로 그녀는 그럭저럭 무사히, 윤곽을 잃지도 않고, 이쪽으로 귀환한 것 같다. 분명 마지막 순간에 문밖으로 도망칠 수 있었던 것이리라. 또는 다른 출구를 발견한 것이리라.

어쨌거나 밤중에 그 방에서 일어났던 일련의 기묘한 사건은 이제 완전히 종결된 듯 보인다. 순환이 얼추 완성되고, 이변은 남김없이 회수되고, 곤혹은 덮개로 가려지고, 사물은 원상태로 회복된 것 같다. 우리 주위에서 원인과 결과는 손을 잡고, 종합과 해체는 균형을 유지하고 있다. 결국 모든 것은 손이 닿지 않는, 깊은 갈라진 틈새 같은 곳에서 벌어졌던 일이다. 한밤중부터 날이 밝을 때까지 그런 곳이 어딘가에 은밀히 암흑의 입구를 연다. 그곳은 우리의 원리가 아무런 효력을 갖지 못하는 장소다. 언제 어디서 심연이 사람을 집어삼킬지, 언제 어디서 토해낼지 아무도 예견하지 못한다.

에리는 지금도 전혀 망설임 없이 단정하게 침대에 잠들어 있다. 그녀의 검은 머리는 우아한 부채꼴을 그리며 베개 위에 무언의 의미를 펼치고 있다. 아침이 온다는 것을 기적으로 알겠다. 밤의 어둠 그 가장 깊은 부분은 이미 지나갔다.

하지만 정말 그럴까?

ᴀᴍ 05:10

'세븐일레븐' 안. 다카하시는 트롬본 케이스를 어깨에 둘러메고 진지한 눈빛으로 식료품을 고르고 있다. 집으로 돌아가 자고 일어나서 먹을 것이다. 편의점 안에 다른 손님은 보이지 않는다. 천장 스피커에서 스가 시카오의 〈폭탄 주스〉가 흘러나오고 있다. 그는 플라스틱 용기에 든 참치샐러드 샌드위치를 고르고, 우유팩을 집어 다른 것과 날짜를 비교한다. 우유는 그의 생활에 큰 의미를 갖는 식품이다. 세세한 부분도 대충 넘어갈 수 없다.

마침 그때 치즈 선반에 놓여 있던 휴대전화가 벨을 울리기 시작한다. 조금 전 시라카와가 놓고 간 전화기다. 다카하시는 얼굴을 찡그리며 의아스레 전화를 바라본다. 대체 어디 사는 누가 이런 곳에 휴대전화를 놓고 갔을까? 계산대 쪽을 돌아보지만 점원은 보이지 않는다. 전화벨은 언제까지고 그칠 줄 모른다. 그는 하는 수 없이 조그만 은색 휴대전화를 들어 통화 버튼을 누른다.

"여보세요." 다카하시는 말한다.

"도망칠 수 있을 줄 아나?" 남자 목소리가 대뜸 말한다. "도망치지 못해. 아무리 도망쳐도 우리는 반드시 널 잡는다."

인쇄된 글을 그대로 읽는 듯한 단조로운 어조다. 감정이란 게 느껴지지 않는다. 다카하시는 당연히 상대방이 무슨 말을 하는지 이해하지 못한다.

"아니, 저기, 잠깐." 다카하시는 조금 전보다 큰 목소리로 말한다.

그러나 그의 말은 상대방의 귀에 들리지 않는 것 같다. 전화를 건 남자는 억양 없는 목소리로 일방적으로 말을 잇는다. 자동응답기의 테이프에 메시지를 녹음하듯.

"우리는 네 등을 두드리게 될 거야. 얼굴도 알고 있어."

"저기, 그거 어째……."

남자는 말한다. "언젠가 어디서 네 등을 두드리는 인간이 있으면 우리인 줄 알라고."

다카하시는 무슨 말을 하면 좋을지 몰라 잠자코 있다. 오랫동안 냉장 쇼케이스에 놓여 있던 전화기는 손 안에서 유난히 차갑게 느껴진다.

"넌 잊어버릴지도 몰라. 우리는 잊지 않아."

"아니, 그러니까 잘은 모르겠지만 사람을 잘못……." 다카하시는 말한다.

애프터
다크

"도망치지 못해."

전화가 뚝 끊긴다. 회선이 죽는다. 마지막 메시지가 아무도 없는 물가에 버려진다. 다카하시는 손에 든 휴대전화를 응시하고 있다. 남자가 말하는 '우리'가 어떤 사람들인지, 본래 전화를 받았어야 할 인간이 어디 사는 누구인지 짐작도 되지 않지만, 남자의 목소리는 기분이 찜찜한, 부조리한 저주 같은 잔향을 그의 귀에(귓불이 변형된 쪽 귀다) 남기고 간다. 손 안에 뱀을 잡은 다음 같은 미끌미끌한 감촉이 남아 있다.

다카하시는 상상한다. 누군가가 어떤 이유로 여러 사람에게 쫓기고 있는 것이다. 전화를 건 남자의 단정적인 말투로 보건대 그 사람은 아마도 도망치지 못할 것이다. 언젠가 어디서, 생각지도 못했을 때, 누가 뒤에서 등을 두들길 것이다. 그뒤 무슨 일이 일어날 것인가?

어쨌거나 나와는 상관없는 일이다. 다카하시는 자신에게 그렇게 타이른다. 그것은 아마도 도회지의 이면에서 은밀히 벌어지고 있는 거칠고 피비린내나는 행위 중 하나일 것이다. 다른 세계의, 다른 회선을 통해 전달되는 일이다. 나는 지나가는 사람에 불과하다. 편의점 진열 선반에서 벨을 울리는 휴대전화를 친절한 마음에서 집어든 것뿐이다. 누가 전화기를 깜박 놓고 가서 위치를 확인하기 위해 연락한 줄 알고.

다카하시는 전화를 닫아 원래 있었던 자리에 돌려놓는다. 한 입 사이즈의 카망베르 치즈 상자 옆에. 이 휴대전화와 이 이상 얽히지 않는 게 좋겠다. 그리고 한시라도 빨리 이곳을 벗어나는 게 좋겠다. 위험한 회선으로부터 조금이라도 멀어지는 게 좋겠다. 그는 서둘러 계산대로 가서 주머니에서 동전 한 줌을 꺼내 샌드위치와 우유 값을 치른다.

AM 05:24

공원 벤치에 홀로 앉은 다카하시. 아까 왔었던, 고양이가 있던 작은 공원이다. 그 말고는 아무도 없다. 나란히 위치한 두 대의 그네, 땅바닥을 덮은 낙엽. 하늘에 뜬 달. 코트 주머니에서 자신의 휴대전화를 꺼내 번호를 누른다.

마리가 있는 호텔 '알파빌'의 객실. 전화벨이 울린다. 그녀는 네다섯번째 벨소리에 깨어난다. 얼굴을 찡그리며 손목시계를 본다. 의자에서 일어나 수화기를 든다.

"여보세요." 마리는 불분명한 목소리로 말한다.

"여보세요. 난데, 잤어?"

"잠깐." 마리는 말한다. 손으로 수화기를 막고 헛기침을 한다. "괜

214

찮아. 의자에 앉아서 잠깐 존 것뿐이니까."

"괜찮으면 아침 먹으러 안 갈래? 아까 말한 달걀말이가 맛있는 식당. 달걀말이 말고도 맛있는 게 있을 거야."

"연습 끝났어?" 마리는 묻는다. 그런데 어쩐지 자기 목소리 같지 않다. 나는 나요, 내가 아니다.

"끝났어. 배고파 죽겠다. 넌?"

"사실은 별로 안 고파. 그보다 집에 가고 싶어."

"알았어. 어쨌든 역까지 데려다줄게. 전철 이제 다닐 테니까."

"여기서 역까지는 혼자서도 갈 수 있어." 마리는 말한다.

"너랑 좀더 이야기하고 싶어서 그래." 다카하시는 말한다. "역까지 같이 걸으면서 이야기하자. 귀찮지 않으면."

"귀찮은 건 아니야."

"십 분 뒤에 그쪽으로 가지. 괜찮아?"

"응." 마리는 대답한다.

다카하시는 전화를 끊고 폴더를 닫아 주머니에 넣는다. 벤치에서 일어나 기지개를 한 번 크게 켜고 하늘을 올려다본다. 하늘은 아직 어둡다. 아까와 마찬가지로 초승달이 떠 있다. 새벽을 앞둔 도회지의 한 모퉁이에서 올려다보니, 그렇게 큰 물체가 무상으로 하늘에 떠 있다는 것 자체가 기이하게 여겨진다.

"도망치지 못해." 다카하시는 초승달을 올려다보며 소리내서 말해본다.

그 말의 수수께끼 같은 느낌은 하나의 은유로 그의 마음속에 괴어 있게 된다. **도망치지 못해**. 넌 잊어버릴지도 몰라. 우리는 잊지 않아. 전화를 건 남자는 말한다. 말의 의미를 생각하는 사이에 다른 어떤 사람이 아니라 자신에게 한 말처럼 느껴지기 시작한다. 어쩌면 우연히 일어난 일이 아닐지도 모른다. 휴대전화는 편의점 선반 위에서 조용히 숨죽이며 다카하시가 지나가기를 기다리고 있었는지도 모른다. **우리**, 라고 다카하시는 생각한다. **우리**는 대체 누구를 말하는 건가? 그리고 그들은 대체 뭘 잊지 않는 건가?

다카하시는 악기 케이스와 토트백을 어깨에 메고 느긋한 발걸음으로 '알파빌'을 향해 걷기 시작한다. 뺨에 흘러내린 머리카락을 손바닥으로 문지른다. 밤의 마지막 어둠이 얇은 껍질처럼 도회지를 싸고 있다. 쓰레기 수거차가 거리에 모습을 드러내기 시작한다. 그와 거의 동시에 도회지 곳곳에서 하룻밤을 지낸 사람들이 역을 향해 걸음을 뗀다. 흐름을 거슬러 올라가는 물고기 떼처럼 그들은 일제히 첫차를 향해 나아간다. 철야근무를 겨우 마친 사람들, 밤새워 노느라 지친 젊은이들—입장과 자격은 달라도 그들은 하나같이 과묵하다. 음료수 자동판매기 앞에서 몸을 딱 맞붙이고 있는 젊은 커플조차 이제는 할 말이 없다. 두 사람은 얼마 남지 않은 몸의 온기를 말없이 나누고 있을 뿐이다.

애프터
다크

새로운 하루가 바로 저 앞에 와 있지만, 낡은 하루도 아직 무거운 옷자락을 끌며 움직이고 있다. 바닷물과 강물이 강어귀에서 힘을 겨루듯 새로운 시간과 낡은 시간이 대항하며 하나로 뒤섞인다. 자신의 중심이 지금 어느 쪽 세계에 있는지 다카하시도 잘 가늠하지 못하겠다.

17

AM 05:38

마리와 다카하시가 나란히 길을 걷고 있다. 마리는 숄더백을 어깨에 메고 레드삭스 모자를 푹 눌러썼다. 안경은 쓰지 않았다.

"어때? 안 졸려?" 다카하시는 묻는다.

마리는 고개를 흔든다. "아까 잠깐 눈을 붙였으니까."

다카하시는 말한다. "전에 이런 식으로 철야 연습 끝나고 나서 집에 가려고 신주쿠에서 주오 선을 탔는데, 깼봤더니 야마나시 현이었던 적이 한 번 있었어. 산속이지 뭐야. 자랑은 아니지만 어디서나 금세 숙면하는 타입이라."

마리는 뭔가 다른 생각을 하는 것처럼 입을 열지 않는다.

"……저기, 그래서 아까 하던 이야기 말인데. 아사이 에리 이야기." 다카하시는 말을 꺼낸다. "하기 싫으면 안 해도 돼. 난 그냥 질문하는 것뿐이니까."

"응."

"너희 언니는 계속 잠들어 있다. 깨려고 하지 않는다. 넌 그렇게 말했어. 그렇지?"

"그래."

"난 사정을 잘 모르지만, 그러니까 혼수상태란 뜻? 의식불명이라든지."

마리는 잠시 주저한다. "그런 게 아냐. 지금으로선 목숨이 위험한 것도 아니라고 생각해. 그냥…… 자는 것뿐."

"그냥 자?" 다카하시는 묻는다.

"응. 그냥……." 마리는 말하다 말고 한숨을 쉰다. "있지, 미안하지만 역시 잘 말 못 하겠나봐."

"괜찮아. 잘 말 못 하겠으면 안 해도 돼."

"피곤하기도 하고, 머릿속이 정리가 안 돼. 게다가 목소리가 내 목소리 같지 않아."

언젠가라도 돼. 언젠가 다른 때. 지금은 그만두자."

"응." 마리는 안심한 듯 말한다.

두 사람은 그뒤 얼마 동안 아무 말도 하지 않는다. 그저 역을 향해 발걸음을 옮긴다. 다카하시는 걸으면서 가볍게 휘파람을 분다.

"대체 몇 시쯤 날이 밝는 거지?" 마리는 묻는다.

다카하시는 손목시계를 본다. "이 계절이면 그러게, 6시 40분쯤 아닐까. 밤이 제일 긴 계절이니까 말이지. 얼마 동안은 아직 어두울 거야."

"어둡다는 거, 꽤나 피곤하구나."

"원래는 다들 자고 있어야 하는 시간이니까." 다카하시는 말한다. "인류가 어두워진 다음에도 아무렇지도 않게 밖에 나오게 된 건, 역사적으로 따지자면 아주 최근이거든. 해가 지고 나면 옛날 사람은 다들 동굴에 틀어박혀서 자기 몸을 지켜야 했어. 우리 체내 시계는 아직 해가 지면 자도록 설정돼 있는 거야."

"어제 저녁에 주위가 어두워지고 난 뒤로 시간이 꽤 많이 지난 것 같아."

"아마 실제로 많이 지났을 거야."

대형 운송 트럭이 드러그스토어 앞에 서 있고, 운전사가 반 열린 셔터 안으로 운반해온 짐을 들여놓고 있다. 두 사람은 그 앞을 지난다.

"저기, 조만간 또 만날 수 있을까?" 다카하시는 말한다.

"왜?"

"왜?" 그는 되묻는다. "너랑 또 만나서 이야기하고 싶으니까. 될 수 있으면 좀더 정상적인 시간에."

"그건 말하자면 데이트 같은 거야?"

"그렇게 부를 수 있을지도 모르지."

"하지만 날 만나서 대체 무슨 이야기를 하는데?"

다카하시는 잠시 생각한다. "우리 사이에 어떤 공통되는 화제가 있느냐—네가 묻는 건 그런 말?"

"에리 이야기를 빼면 그렇다는 뜻이지만."

"그러게, 느닷없이 공통되는 화제를 물어도 구체적으로 생각나지 않는걸. 지금으로선. 하지만 같이 있으면 이야기할 게 이것저것 있을 것 같은데."

"나랑 이야기해봤자 재미없을 거야."

"전에 누구한테 그런 말 들은 적이 있는 거야? 너랑 이야기해도 별로 재미없다고."

마리는 고개를 흔든다. "그런 적은 없는데."

"그럼 신경쓸 거 없어."

"가끔 좀 어둡다는 말을 들을 땐 있어." 마리는 솔직하게 말한다.

다카하시는 악기 케이스를 오른쪽에서 왼쪽 어깨로 옮겨 멘다. 그러고는 말한다.

"있지, 우리 인생은 밝다, 어둡다로 단순하게 나뉘는 게 아니야. 그 사이에 음영이란 중간지대가 있다고. 음영의 단계를 인식하고 이해하는 게 건전한 지성이야. 그리고 건전한 지성을 획득하려면 나름대로 시간과 노력이 필요해. 넌 별로 어두운 성격은 아니라고 생각하는데."

마리는 다카하시가 한 말에 대해 생각한다. "그렇지만 소심해."

"아니, 그건 아니야. 소심한 여자애는 이런 식으로 혼자 밤거리로 나오지 않아. 넌 여기서 뭔가를 발견하고 싶었던 거야. 그렇지?"

"**여기**라니?" 마리는 묻는다.

"평소와 다른 장소에서, 자신의 구역을 벗어난 영역에서, 그런 뜻."

"그럼 난 뭔가를 발견했을까? 여기서?"

다카하시는 미소를 지으며 마리를 본다.

"적어도 난 다시 한 번 널 만나서 이야기하고 싶어. 그러길 희망해."

마리는 다카하시를 본다. 두 사람은 눈을 맞춘다.

"하지만 그건 어려울지도 몰라." 그녀는 말한다.

"어려워?"

"응."

"그 말은 그러니까, 너랑 난 이제 두 번 다시 못 만날지도 모른다는 뜻?"

"현실적으로." 마리는 말한다.

"사귀는 사람이 있는 거야?"

"지금은 없어."

"그럼 내가 별로 마음에 안 들어?"

마리는 고개를 흔든다. "그런 게 아냐. 그러니까 말이지, 난 다음 주 월요일이면 이미 일본에 없거든. 베이징에 있는 대학에서 교환학생 같은 형태로 일단 내년 6월까지 공부할 거야."

"그래." 다카하시는 감탄한 듯 말한다. "넌 우등생이구나."

"밑져야 본전이지 하고 신청했더니 뽑혔어. 아직 1학년이니까 무리이겠거니 했는데, 약간 특별한 프로그램이었나봐."

"잘됐네. 축하해."

"그래서 출발까지 며칠 안 남았기 때문에 준비하느라 여러모로 바쁠 것 같아."

"물론."

"물론이라니 뭐가?"

"넌 베이징 가는 준비를 하느라 여러모로 바쁠 테니까 나랑 만날 시간이 없어. 물론." 다카하시는 말한다. "그건 잘 이해할 수 있어. 괜찮아, 상관없어. 난 기다릴 수 있으니까."

"하지만 반년도 더 있어야 일본에 돌아올 텐데."

"난 이래봬도 꽤 인내심이 있거든. 시간을 죽이는 것도 의외로 잘하고. 너만 괜찮으면 저쪽 주소 가르쳐주겠어? 편지를 쓸 테니까."

"그건 괜찮은데."

"내가 편지 보내면 너도 답장 쓸래?"

"응." 마리는 말한다.

"그래서 내년 여름에 네가 일본으로 돌아오면 데이트인지 뭔지를 하자. 동물원이니 식물원이니 수족관이니 가고, 그리고 되도록 정치적으로 올바르고 맛있는 달걀말이를 먹자."

마리는 또다시 다카하시를 본다. 뭔가를 확인하듯 상대방의 눈을 똑바로 본다.

"그런데 넌 왜 나한테 관심을 갖는 건데?"

"글쎄, 왜일까? 지금으로선 나도 그걸 잘 설명 못 하겠어. 하지만 너랑 앞으로 몇 번 만나서 이야기하다 보면, 프랜시스 레이의 음악 같은 게 어디선가 흘러나오고 내가 왜 너한테 관심을 갖는지 구체적인 이유를 줄줄이 열거할 수 있을지도 몰라. 눈도 때맞춰 쌓여줄지도 몰라."

역에 이르자, 마리는 주머니에서 작은 빨강 수첩을 꺼내 베이징 주소를 적고 그 페이지를 뜯어내 다카하시에게 준다. 다카하시는 종이를 반으로 접어 자기 지갑에 넣는다.

"고마워. 긴 편지를 쓸게." 그는 말한다.

마리는 닫혀 있는 자동개찰기 앞에 멈춰서서 뭔가를 생각한다.

생각하는 것을 말해도 될지 망설이고 있다.

"에리에 관해서 아까 생각난 게 있어." 그녀는 겨우 결심하고 말한다. "지금까지 오랫동안 잊고 있었는데, 네 전화를 받고 나서 호텔에서 의자에 멍하니 앉아 있다가 갑자기 기억이 되살아났어. 뜬금없이. 지금 여기서 이야기해도 될까?"

"물론이지."

"선명하게 생각날 때 누군가한테 이야기해놓고 싶어." 마리는 말한다. "아니면 세세한 부분이 없어질 것 같거든."

다카하시는 **귀 기울여 듣고 있다**는 표시로 귀에 손을 갖다댄다.

마리는 이야기를 시작한다. "내가 유치원 다닐 때 에리랑 둘이서 우리 아파트 엘리베이터에 갇힌 적이 있어. 아마 지진이 있었을 거야. 엘리베이터가 층과 층 사이에서 휘청 흔들리더니 멈춰섰어. 동시에 불이 꺼져서 캄캄해졌어. 진짜로 캄캄해. 자기 손도 안 보일 만큼. 그리고 엘리베이터엔 우리 둘 말고 다른 사람은 아무도 없었어. 난 겁에 질려서 빳빳하게 굳었어. 산 채로 화석이 된 것처럼. 손가락 하나 꼼짝할 수 없었어. 숨도 잘 쉬어지지 않았고, 목소리도 나오지 않았어. 에리가 내 이름을 부르는데 대답도 할 수 없었어. 머리 중심이 마비된 것처럼 멍하니 있었던 거야. 에리의 목소리도 뭔가의 틈새로 들리는 것 같고……."

마리는 잠깐 눈을 감고 머릿속에 어둠을 재현한다.

그녀는 이야기를 잇는다. "어둠이 얼마 동안 계속됐는지는 기억 안 나. 아주 오랜 시간이었던 것 같지만, 실제로는 그렇게 오래가 아니었을지도 몰라. 그렇지만 오 분이건 이십 분이건 구체적인 길이는 문제가 아냐. 아무튼 그동안 에리는 캄캄한 어둠 속에서 내내 날 끌어안고 있었어. 그것도 그냥 끌어안는 거랑 달라. 우리 둘의 몸이 녹아서 하나가 될 만큼 꽉 끌어안았던 거야. 에리는 잠시도 힘을 풀지 않았어. 잠깐이라도 떨어지면 이제 두 번 다시 우리가 이 세상에서 만나지 못할 것처럼."

다카하시는 아무 말도 하지 않고 자동개찰기에 기대서서 마리가 이야기를 잇기를 기다린다. 마리는 야구점퍼 주머니에서 오른손을 꺼내 얼마 동안 바라본다. 얼굴을 들고 이야기를 계속한다.

"물론 에리도 사실은 굉장히 무서웠을 거야. 나 못지않게 겁나지 않았을까. 큰 소리를 지른다든지 울고 싶었을 거라고 생각해. 그때 겨우 초등학교 2학년이었는걸. 하지만 에리는 냉정했어. 아마 에리는 그때 강해지기로 마음먹었을 거야. 날 위해서 연상인 자기가 강해져야 한다고 결심한 거야. '괜찮아, 무섭지 않아, 나도 같이 있고, 금세 누가 구해주러 올 거야.' 그런 말을 내 귀에 대고 계속 속삭여줬어. 아주 야무지고 침착한 목소리였어. 꼭 어른처럼. 무슨 노래였는지 잊어버렸지만 노래까지 불러줬어. 나도 같이 부르려고 했는데 부를 수 없었어. 무서워서 목소리가 안 나온 거야. 하지만 에리는 혼자서 날 위해 노래를 불러줬어. 그때 난 에리의 품에 날 고스란히 맡기는 게 가능했어. 우리는 어둠 속에서 조금의 빈틈도 없이 완벽하게 하나로 합해질 수 있었어. 심장 고동까지 함께 나눌 수 있었어. 그러다가 갑자기 불이 들어오고 엘리베이터가 덜컹 흔들리더니 움직이기 시작했어."

마리는 잠시 말을 멈춘다. 기억을 더듬으며 적절한 말을 찾는다.

"그렇지만 그게 마지막이었어. 그게…… 뭐랄까, 내가 에리에게 제일 가까이 갈 수 있었던 순간이었어. 우리가 마음을 하나로 포개 격의 없이 하나가 될 수 있었던 순간. 그뒤로 에리랑 난 점점 멀어진 것 같아. 따로 떨어져서, 그러다가 각자 다른 세계에서 살게 됐어. 엘리베이터의 어둠 속에서 느꼈던 일체감이랄지, 강한 정신적 유대감 같은 건 우리 사이에 두 번 다시 돌아오지 않았어. 뭐가 문제였는지 난 모르겠어. 아무튼 우리는 이제 예전으로 돌아갈 수 없게 됐어."

다카하시는 손을 뻗어 마리의 손을 잡는다. 마리는 잠깐 움찔하지만, 손을 잡아 빼려 하지는 않는다. 다카하시는 언제까지고 그녀의 손을 부드럽고 조용하게 잡고 있다. 조그맣고 보드라운 손이다.

"사실은 가기 싫어." 마리는 말한다.

"중국에?"

"응."

"왜 가기 싫은데?"

"무서워서."

"무서운 건 당연해. 혼자서 잘 알지도 못하는 먼 나라에 가는 거니까." 다카하시는 말한다.

"응."

"그렇지만 너라면 괜찮아. 잘할 수 있을 거야. 나도 여기서 네가 돌아오길 기다릴 테고."

마리는 고개를 끄덕인다.

다카하시는 말한다.

"넌 참 예뻐. 그거 알고 있었어?"

마리는 얼굴을 들어 다카하시를 본다. 그러고는 손을 빼서 야구 점퍼 주머니에 넣는다. 발치를 본다. 노란 스니커가 지저분하지 않은 것을 확인한다.

"고마워. 그렇지만 지금은 집에 가고 싶어."

"편지 쓸게." 다카하시는 말한다. "옛날 소설에 나올 법한 쓸데없이 긴 편지."

"응." 마리는 말한다.

그녀는 개표구를 지나 플랫폼 끝까지 걸어가 정차중인 급행 전철 속으로 사라진다. 다카하시는 그녀의 뒷모습을 배웅한다. 이윽고 출발을 알리는 벨이 울리고, 문이 닫히고, 열차는 플랫폼을 출발한다. 열차가 모습을 감춘 뒤, 그는 바닥에 놓아두었던 악기 케이스를 들어 어깨에 메고 가볍게 휘파람을 불며 JR 역 쪽으로 걸어간다. 역 구내를 오가는 사람들이 조금씩 늘어난다.

18

ᴀᴍ 06:40

아사이 에리의 방.

창밖은 아까보다 환해졌다. 아사이 에리가 침대에서 자고 있다. 표정도, 자세도, 조금 전 봤을 때와 달라지지 않았다. 두꺼운 잠의 옷이 그녀를 감싸고 있다.

마리가 방에 들어온다. 가족이 모르도록 조용히 문을 열고 안으로 들어와 조용히 문을 닫는다. 마리는 방 안의 침묵과 냉랭함에 다소 긴장한다. 그녀는 문 앞에 서서 언니의 방 안을 조심스레 둘러본다. 여느 때와 같은 방인지를 먼저 확인한다. 그곳에 이변이 없고 낯선 것이 구석에 숨어 있지 않는지 빈틈없이 점검한다. 그뒤 침대

곁으로 다가가 깊이 잠들어 있는 언니의 얼굴을 내려다본다. 손을 뻗어 살며시 이마에 대고 작은 목소리로 이름을 부른다. 하지만 반응은 전혀 없다. 여느 때와 마찬가지로. 마리는 책상 앞 회전의자를 머리맡으로 끌고 와 앉는다. 몸을 앞으로 내밀고 언니의 얼굴을 가까이에서 주의 깊게 관찰한다. 그곳에 감춰진 암호의 의미를 캐듯.

시간이 오 분쯤 경과한다. 마리는 일어나 레드삭스 모자를 벗고 헝클어진 머리를 가다듬은 뒤 손목시계를 끄른다. 그것들을 언니 책상 위에 늘어놓는다. 야구점퍼를 벗고, 후드티를 벗는다. 그 밑에 입은 격자무늬 플란넬 남방을 벗어 흰 티셔츠만 남긴다. 두꺼운 스포츠양말을 벗고, 청바지를 벗는다. 그리고 살그머니 언니 침대 속으로 기어든다. 몸이 이불 속에 자연스레 어우러지기를 기다렸다가 똑바로 누워 자는 언니의 몸에 가느다란 팔을 두른다. 언니의 가슴에 가볍게 뺨을 대고 꼼짝하지 않는다. 언니의 심장 고동을 한 음, 한 음 이해하려고 귀를 기울인다. 평온하게 눈을 감고 귀 기울여 듣는다. 이윽고 감긴 눈에서 아무런 예고도 없이 눈물이 도르르 흘러내린다. 무척 자연스럽고 커다란 눈물방울이다. 눈물은 볼을 타고 흘러내려 언니의 잠옷을 적신다. 눈물이 또 한 방울 볼을 타고 떨어진다.

마리는 일어나 앉아 손가락으로 볼의 눈물을 훔친다. **뭔가**에 대해—그게 무엇인지 구체적으로는 모르지만— 무척 미안한 기분이

든다. 자신이 돌이킬 수 없는 일을 저지른 것처럼 느껴진다. 그것은 전후 맥락을 알 수 없는, 무척 갑작스러운 감정이다. 하지만 절실한 감정이다. 눈물은 아직도 흘러내리고 있다. 마리는 떨어지는 눈물을 손바닥으로 받는다. 갓 떨어진 눈물은 피처럼 따스하다. 체내의 온기가 아직 남아 있다. 마리는 문득 생각한다, 나는 **여기**와는 다른 곳에 있을 수도 있었다. 그리고 에리 역시 **여기**와는 다른 곳에 있을 수도 있었다.

마리는 혹시나 싶어 다시 한 번 방 안을 둘러보고 에리의 얼굴을 내려다본다. 아름다운 얼굴―정말 아름답다. 유리 케이스에 그 모습 그대로 넣어놓고 싶을 만큼. 의식은 아직 그곳에 없다. 어딘가에 은밀히 숨어 모습을 감추고 있다. 하지만 그것은 지하에 흐르는 물줄기로서, 어딘가 보이지 않는 곳을 흘러가고 있을 터다. 마리의 귀에는 그 어렴풋한 소리가 들린다. 그녀는 귀를 기울인다. 여기서 그렇게 멀지 않은 곳이다. 그리고 물은 어디선가 나 자신의 물줄기와 하나로 합해질 터다. 마리는 그렇게 느낀다. 우리는 자매이니까.

그녀는 몸을 굽혀 에리의 입술에 가볍게 입을 맞춘다. 고개를 들고 언니의 얼굴을 다시 내려다본다. 마음속으로 시간을 통과시킨다. 한 번 더 입을 맞춘다. 이번에는 더 오래. 더 보드랍게. 어쩐지 자기 자신과 입을 맞추는 느낌이다. 마리와 에리, 한 글자 다른 이름. 그녀는 미소 짓는다. 그리고 안심한 듯 언니 옆에서 몸을 말고

애프터
다크

잔다. 언니와 조금이라도 밀착해서 몸의 온기를 나누려 한다. 생명의 기호를 교환하려 한다.

에리, 돌아와, 하고 그녀는 언니의 귓가에서 속삭인다. 부탁이야, 하고 말한다. 그러고는 눈을 감고, 몸의 힘을 뺀다. 눈을 감으니 부드러운 큰 파도처럼 잠이 앞바다에서 밀려들어 그녀를 감싼다. 눈물은 이미 멎었다.

창밖은 빠른 속도로 환해지고 있다. 창에 내린 블라인드 틈으로 선명한 빛줄기가 방 안에 비쳐든다. 낡은 시간성이 효력을 잃고 등 뒤로 지나가버리려 하고 있다. 많은 이들은 아직 낡은 말을 어물거리고 있다. 하지만 이제 막 모습을 드러낸 새로운 태양의 빛 속에서, 말의 의미가 급속하게 이행되어 갱신되려 하고 있다. 새로운 의미의 대다수가 당일 저물녘까지만 지속될 일시적인 것이라 해도 우리는 그들과 함께 시간을 보내며 걸어나가게 된다.

방구석에서 텔레비전 화면이 잠깐 반짝 빛난 듯 보인다. 브라운관에 광원이 떠오르려 한다. 그곳에서 **뭔가**가 움직이기 시작한 기척이 느껴진다. 영상인 듯한 것이 보일 듯 말 듯 흔들린다. 회선이 또다시 어딘가와 연결되려는 걸까. 우리는 숨죽여 추이를 지켜본다. 하지만 다음 순간, 화면에는 다시 아무것도 비치지 않는다. 그저 공백이 있을 뿐이다.

우리가 봤다고 **생각한** 것은 단순히 눈의 착각이었을지도 모른다.

창문으로 비쳐드는 빛이 뭔가의 영향으로 흔들려 그 움직임이 유리에 반사된 것뿐일 수도 있다. 방은 여전히 침묵이 지배하고 있다. 하지만 침묵의 깊이와 무게는 전에 비해 명백히 쇠퇴하고 후퇴했다. 이제는 새가 지저귀는 소리가 들린다. 청각을 좀더 예민하게 돋우면 길 가는 자전거 소리며 사람들의 이야깃소리, 라디오의 일기예보도 들릴지 모른다. 토스트가 구워지는 소리 또한 들릴지 모른다. 넉넉한 아침 햇빛이 세계를 구석구석 무상으로 씻어간다. 젊은 자매가 조그만 침대 하나에서 몸을 맞붙이고 가만히 자고 있다. 우리를 제외하면 아마 아무도 그것을 모를 것이다.

ᴀᴍ 06:43

'세븐일레븐' 안. 점원이 체크리스트를 들고 통로에 쭈그리고 앉아 재고를 조사하는 중이다. 일본어 힙합 음악이 나오고 있다. 젊은 남자 점원. 조금 전 계산대에서 다카하시에게 물건 값을 받은 점원이다. 머리를 갈색으로 염색했고 마른 체격이다. 밤근무를 하느라 피곤한지 몇 번씩 크게 하품한다. 음악에 섞여 어디서 휴대전화 벨소리가 들린다. 일어나 주위를 둘러본다. 통로를 하나하나 들여다본다. 손님은 보이지 않는다. 편의점에는 그 말고 아무도 없다. 하지만 휴대전화 벨소리는 언제까지고 집요하게 울린다. 묘한 일이다. 여기저기 찾아다닌 끝에 겨우 유제품 냉장 쇼케이스 선반에서 그것을 발견한다. 방치된 휴대전화.

어휴 참, 누가 이런 데 휴대전화를 놓고 가는 거냐고. 머리가 어떻게 된 거 아냐? 그는 혀를 차고 넌더리내는 표정으로 싸늘한 기계를 집어 통화 버튼을 누르고 귀에 갖다댄다.

"여보세요." 그는 말한다.

"넌 자기가 감쪽같이 처리했다고 생각할지도 몰라." 남자가 억양이 결여된 목소리로 말한다.

"여보세요!" 점원은 고함친다.

"그렇지만 말이지, 도망치지 못해. 아무리 멀리 도망가도 도망치지 못해." 암시적인 짧은 침묵이 흐른 뒤 전화가 끊어진다.

AM 06:50

우리는 하나의 순수한 시점이 되어 거리 상공에 있다. 눈에 보이는 것은 깨어나고 있는 거대한 도시의 정경이다. 색색으로 칠한 통근 열차가 각기 다른 방향으로 움직여 수많은 사람을 한 곳에서 다른 곳으로 옮겨 나른다. 운반되는 그들은 한 사람, 한 사람 각기 다른 얼굴과 다른 정신을 가진 인간인 동시에 집합체의 이름 없는 **부분**이다. 하나의 총체인 동시에 한낱 부품이다. 그들은 그런 이중성을 교묘하게, 편의적으로 구분해서 사용하며 적확하고 신속하게 아침 의식을 거행한다. 이를 닦고, 수염을 깎고, 넥타이를 고르고, 립스틱을 바른다. 텔레비전 뉴스를 체크하고, 가족과 말을 주고받고, 식사를 하고, 배변을 한다.

일출과 더불어 까마귀들이 먹을 것을 찾으러 무리 지어 거리로 날아온다. 그들의 새카맣고 기름기 흐르는 날개가 아침 햇살에 빛난다. 까마귀들에게 이중성은 인간들에게만큼 중요한 문제가 아니다. 개체 유지에 필요한 영양분의 확보, 그것이 그들에게 가장 중요한 사항이다. 쓰레기 수거차는 아직 모든 쓰레기를 모으지 못했다. 어쨌거나 거대한 도시라 막대한 양의 쓰레기가 배출된다. 까마귀들은 소란스럽게 우짖으며 급강하폭격기처럼 거리 구석구석으로 날아 내린다.

새로운 태양이 새로운 빛을 거리에 비춘다. 고층 건물의 유리가 눈부시게 빛난다. 하늘에 구름은 없다. 지금으로서는 구름이 한 점도 보이지 않는다. 지평선을 따라 스모그가 뻗어 있는 게 보일 뿐이다. 초승달은 하얀 침묵의 바윗덩이가 되어, 오래전에 소실된 메시지가 되어, 서쪽 하늘에 떠 있다. 헬리콥터가 신경질적인 날벌레처럼 하늘을 춤추며 도로 상황의 영상을 방송국으로 보내고 있다.

애프터
다크

수도고속도로에서는 도내로 들어오려는 차들이 이미 요금소 앞에 밀리기 시작했다. 건물들 틈에 낀 여러 도로는 아직 싸늘한 그림자 속에 있다. 그곳에는 지난밤의 기억 대다수가 고스란히 남아 있다.

AM 06:52

우리 시점은 도심의 상공을 벗어나 한적한 교외 주택가 위로 이동한다. 눈 아래 마당 딸린 이층집이 늘어서 있다. 위에서 보니 어느 집이나 비슷해 보인다. 비슷한 소득 수준과 비슷한 가족 구성. 짙은 감색의 새 볼보가 자랑스레 아침 햇살을 반사한다. 마당 잔디밭에 설치된 골프 연습용 네트. 갓 배달된 조간신문. 대형견을 산책시키는 사람들. 부엌 창문으로 들려오는, 식사를 준비하는 소리. 사람들이 서로 부르는 소리. 여기서도 새로운 하루가 시작되려 하고 있다. 그것은 여느 때와 똑같은 하루일지도 모르고, 온갖 의미에서 기억에 남을 경이로운 하루일지도 모른다. 하지만 어느 쪽이든 지금으로선 누구에게나 아직 아무것도 쓰여 있지 않은 한 장의 백지다.

하나같이 똑같아 보이는 집들 중 하나를 골라 그곳을 향해 똑바로 내려간다. 크림색 블라인드를 내린 이층 유리창을 통과해 아사이 에리의 방으로 소리 없이 들어간다.

마리는 침대에서 언니에게 몸을 붙이고 잠들어 있다. 작은 숨소리가 들린다. 우리가 보기로 평안한 잠인 듯하다. 몸이 덥혀졌는지 볼이 아까보다 조금 더 상기되었다. 앞머리가 눈을 덮고 있다. 꿈이라도 꾸는지, 아니면 기억의 잔재인지, 입가에 미소의 그림자가 떠올라 있다. 마리는 긴 어둠의 시간을 헤쳐나오며 그곳에서 만난 밤의 사람들과 여러 말을 나누고 이제 드디어 자기 장소로 돌아온 것이다. 적어도 지금은 그녀를 위협하는 것이 주위에 존재하지 않는다. 그녀는 열아홉 살이고, 지붕과 벽의 보호를 받고 있다. 잔디 깔린 마당과 경보기와 갓 왁스칠을 한 스테이션왜건과 동네를 산책하는 영리한 대형견들의 보호를 받고 있다. 창으로 비쳐드는 아침 햇살이 그녀를 다정하게 감싸며 따뜻이 해준다. 마리의 왼손은 베개 위에 펼쳐진 에리의 검은 머리 위에 놓여 있다. 손가락은 자연스러운 형태로 부드럽게 펴져 약간 구부러져 있다.

에리로 말하자면, 자세에나 얼굴 표정에나 역시 변화는 보이지 않는다. 동생이 와서 이불 속으로 들어와 옆에서 자고 있다는 것도 전혀 모르는 것 같다.

그러나 이윽고 에리의 조그만 입술이 뭔가에 반응한 양 보일 듯 말 듯 움직인다. 한순간의, 일 초의 십 분의 일쯤 되는 재빠른 떨림이다. 하지만 예민한 감각을 가진 순수한 시점인 우리가 그 움직임

애프터
다크

을 놓칠 리 없다. 우리는 육체의 순간적인 신호를 뚜렷이 눈에 담는다. 방금 떨림은 앞으로 찾아올 뭔가의 작은 태동일지도 모른다. 또는 작은 태동의 작은 징조일지도 모른다. 하지만 어느 쪽이든 의식의 미미한 틈새를 통과해 뭔가가 이쪽으로 **징표**를 보내려 하는 것이다. 그런 명확한 인상을 받는다.

우리는 징조가 다른 꿍꿍이의 저해를 받지 않고 아침의 새 햇살 속에 시간을 들여 부풀어오르는 것을 주의 깊게, 은밀히 지켜보려 한다. 밤은 비로소 막 끝난 참이다. 다음 어둠이 찾아올 때까지 아직 시간이 있다.

옮긴이 **권영주**

서울대학교 외교학과를 졸업하고 동대학원에서 영문학을 전공했다. 무라카미 하루키의
《오자와 세이지 씨와 음악을 이야기하다》를 비롯해 온다 리쿠의《나와 춤을》《달의 뒷
면》《유지니아》등을 우리말로 옮겼으며《삼월은 붉은 구렁을》로 제20회 노마문예번역
상을 수상했다. 그밖에 하무로 린의《저녁매미 일기》, 모리미 도미히코의《다다미 넉 장
반 세계일주》등 다수의 일본소설은 물론《데이먼 러니언》《어두운 거울 속에》《프랜차
이즈 저택 사건》등 영미권 작품도 활발히 소개하고 있다.

애프터 다크 블랙&화이트 064

1판 1쇄 발행 2015년 8월 28일 **1판 9쇄 발행** 2018년 11월 26일

지은이 무라카미 하루키 **옮긴이** 권영주
펴낸이 고세규
편집 장선정 **디자인** 정지현

발행처 김영사
주소 경기도 파주시 문발로 197(문발동) 우편번호 10881
등록 1979년 5월 17일(제406-2003-036호)
주문 및 문의 전화 031)955-3200 **팩스** 031)955-3111
편집부 전화 02)3668-3295 **팩스** 02)745-4827 **전자우편** literature@gimmyoung.com
비채 카페 cafe.naver.com/vichebooks **인스타그램** @drviche **카카오톡** @비채책
트위터 @vichebook **페이스북** www.facebook.com/vichebookk
ISBN 978-89-349-7162-7 03830 책값은 뒤표지에 있습니다.

비채는 김영사의 문학 브랜드입니다.
이 도서의 국립중앙도서관 출판예정도서목록(CIP)은 서지정보유통지원시스템 홈페이지(http://seoji.
nl.go.kr)와 국가자료공동목록시스템(http://www.nl.go.kr/kolisnet)에서 이용하실 수 있습니다.
(CIP제어번호: CIP2015022324)